BIBLIOTHÈQUE THÉATRALE

AUTEURS CONTEMPORAINS

LE

CHEMIN DE CORINTHE

COMÉDIE

EN TROIS ACTES ET EN VERS

PAR

ARMAND BARTHET

PARIS

D. GIRAUD ET J. DAGNEAU, LIBRAIRES-ÉDITEURS

7, RUE VIVIENNE, AU PREMIER, 7

1853

LE
CHEMIN DE CORINTHE

DU MÊME AUTEUR :

LE MOINEAU DE LESBIE, comédie en un acte, en vers, in-18 anglais (3e édition)................................ 1 fr.
NOUVELLES, un beau vol. in-18 anglais................ 2 fr.

SOUS PRESSE :

LA FLEUR DU PANIER, poésies, un vol. elzévirien...... 1 fr.

TYPOGRAPHIE HENNUYER, RUE DU BOULEVARD, 7. BATIGNOLLES.
Boulevard extérieur de Paris.

LE

CHEMIN DE CORINTHE

COMÉDIE EN TROIS ACTES, EN VERS,

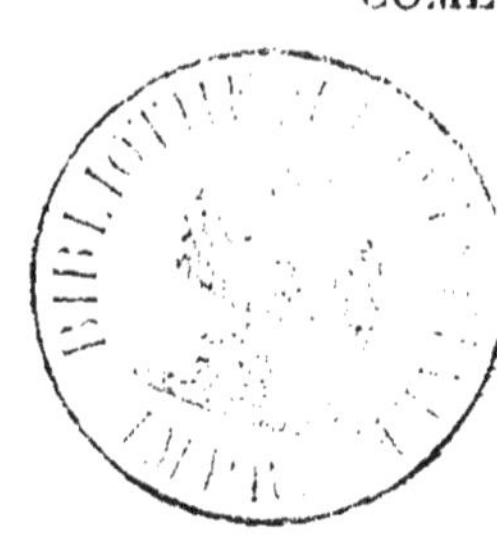

PAR

ARMAND BARTHET.

PARIS
D. GIRAUD ET J. DAGNEAU, LIBRAIRES-ÉDITEURS,
7, RUE VIVIENNE, 7.

1853

A MONSIEUR ARSÈNE HOUSSAYE.

Mon ami,

Par une reconnaissance un peu hâtive, j'avais inscrit un autre nom que le vôtre en tête de cette comédie, — le nom d'une actrice éminente, qui avait bien voulu patroner mon œuvre et s'engager de plus d'une façon à lui prêter l'appui de son admirable talent; mais, vous le savez, — *levior vento mulier*, — et je n'ai rien à dire à cela.

Ce que je fais aujourd'hui est pour vous remercier de votre courageuse et constante bienveillance, et aussi pour mettre votre responsabilité à couvert, dans le cas douteux où quelques personnes, partageant sur mon travail la trop bonne opinion que vous m'avez si souvent et si chaleureusement exprimée, s'étonneraient peut-être de l'ostracisme qui l'a frappé.

Armand BARTHET.

LE CHEMIN DE CORINTHE.

PERSONNAGES.

EUTYCLÈS, mari de Néère; 25 ans.
DIPHILE, ami d'Eutyclès.
PARIS, POLÉMON, DÉMÉTRIUS, PHARNABAZE, courtisans de Pasyphile.
MÉGILLUS, GORGIAS, esclaves d'Eutyclès.
BARCA, esclave de Pharnabaze.
NÉÈRE, femme d'Eutyclès; 20 ans.
PASYPHILE.
CROBYLE, intrigante; 50 ans.
IRÈNE, DAPHNÉ, femmes de Néère.
MYRRHINE, DROSÉ, femmes de Pasyphile.

En Grèce, vers l'an 350 avant Jésus-Christ.

LE

CHEMIN DE CORINTHE

ACTE I.

Athènes. — Maison d'Eutyclès.

SCÈNE I.

EUTYCLÈS, NÉÈRE.

NÉÈRE.

Si matin, Eutyclès, vous sortez !

EUTYCLÈS.

Qu'ai-je à faire
Ici ? vous ennuyer ?

NÉÈRE.

Eutyclès !

EUTYCLÈS.

Une affaire,
D'ailleurs, je vous l'ai dit : c'est pour Antagoras...
Un cousin de Samos lui tombe sur les bras,

Juste à l'heure où, cloué dans son lit par la goutte,
Il se lamente au point d'assourdir qui l'écoute.
Or, le Samien veut voir Athène et les faubourgs,
Et je me suis chargé de guider ses pieds lourds.
Adieu.

NÉÈRE.

Déjà ?

EUTYCLÈS.

Puisqu'on m'attend.

NÉÈRE.

Que l'on attende.

EUTYCLÈS.

Mais...

NÉÈRE.

Une heure, c'est tout ce que je vous demande.

EUTYCLÈS.

Je ne puis.

NÉÈRE.

Vous savez ce merveilleux tissu
Qu'au départ de notre hôte avant-hier j'ai reçu?
J'en voulais avec vous choisir la broderie ;
C'est pour le jour prochain d'une fête chérie,
L'anniversaire heureux — vous en souvenez-vous? —
Des serments éternels échangés entre nous.
Votre goût? un dessin d'or, d'argent ou de soie?

EUTYCLÈS.

Choisissez.

NÉÈRE.

Toute seule? Une bien triste joie.
Vous, vous vous ennuierez, et moi, vous savez bien
Que si vous n'êtes là, le reste ne m'est rien.
Mais depuis quelque temps, et j'en souffre en silence,
Je compte bien souvent les heures de l'absence :
Ou je ne vous vois guère, ou je ne vous vois pas;
C'est toujours loin d'ici que vous portez vos pas;
Les ports ou l'Agora, le Stade ou les portiques,
Voilà depuis un temps vos affaires uniques;
De façon, Eutyclès, que tout le long des jours,
Seule et songeant à vous, je vous attends toujours.

EUTYCLÈS.

Des reproches, Néère?

NÉÈRE.

Oh! non. C'est que je t'aime,
Qu'il me semble parfois que tu n'es plus le même,
Et que mon cœur en est triste jusqu'à la mort.
Aussi, pardonne-moi, mon ami, si j'ai tort,
Si je suis importune, et si des mots de plainte
S'échappent malgré moi de ma lèvre contrainte.
Quand on aime, on soupçonne .. et c'est si douloureux!
Grands dieux!... que les tourments des jaloux sont affreux!
Qu'est-ce que je dis là? jalouse! un mot... que sais je?
Je ne suis point jalouse, et pourquoi le serais-je?

Des visions, des riens, des vertiges du cœur...
Que tu rentres... voilà que s'envole ma peur.
Va chez Antagoras; moi, je cours vers mes femmes
Activer le travail du fuseau sur les trames,
Car la fête est prochaine, Eutyclès, et pour toi
Je serai belle, afin que tu sois fier de moi.
Quand me reviendras-tu?

EUTYCLÈS.

Bientôt, je te le jure.

Pour gage...

Il embrasse Néère.

NÉÈRE.

A la bonne heure! à présent j'en suis sûre.

SCÈNE II.

EUTYCLÈS, seul.

Candide enfant, pourquoi le tranquille bonheur
Que tu me fais n'est-il suffisant pour mon cœur?
Pourquoi ta voix si douce et ta douce caresse
N'ont-elles plus pour moi de charme ni d'ivresse?
Pourquoi les murs, jadis si chers, de ma maison
Me pèsent-ils, plus lourds que des murs de prison?
Hélas! les dieux ont fait mon âme trop profonde
Pour qu'une femme puisse y tenir lieu du monde,
Et cette affection, si vive aux premiers jours,
Les premiers jours passés, s'engourdit pour toujours.

L'amour!... un mot divin qui m'enflamme et m'enivre !
Mais je n'ai qu'un feuillet, quand je voudrais le livre,
Et, la page finie, il me faut comprimer
Les élans de mon cœur qui s'ouvre pour aimer.
Oh ! l'hymen enchaîné ! l'hymen au froid cortége !
Qui de ses doigts glacés vous couronne de neige,
Qui vous prend dans la séve et le cœur chaud d'amour,
Qui vous promet la vie et qui vous donne un jour !

Combien l'aile du temps traîne sur mes années !
Je voudrais, devançant mes mornes destinées,
Pour éteindre chez moi ces désirs palpitans,
Je voudrais d'un seul coup me vieillir de vingt ans.
Peut-être alors serais-je heureux ! La main de l'âge
Aurait calmé mon sang et fané mon visage,
Et je resterais sourd à ces vaillants instincts
Qui m'appellent sans cesse aux horizons lointains.

Néère ! cœur charmant et jeune, que console
Dans ses afflictions une douce parole,
Je t'aime, et je voudrais t'aimer plus ; mais du moins
Si ma lutte est sans fin, qu'elle soit sans témoins.
Pauvre enfant ! tu voudrais, pour soulager ma peine,
Essayer de porter la moitié de ma chaîne ;
Tu n'y parviendrais pas, et tu t'épuiserais
Sans pouvoir adoucir le fiel de mes regrets.

SCÈNE III.

EUTYCLÈS, DIPHILE.

DIPHILE.

Que t'est-il arrivé ? Je te trouve la mine
Dévastée. — Un malheur ? — Un deuil ? — Une ruine ?
Je ne t'ai jamais vu le visage ennuyé
Comme aujourd'hui, depuis que tu t'es marié ?

EUTYCLÈS.

Heureux homme ! toujours gai, toujours le sourire
Sur les lèvres.

DIPHILE.

Toujours. Faudrait-il m'interdire
La gaité ? Par Castor ! on ne vit pas assez
Pour se noyer les yeux dans des pleurs insensés.

EUTYCLÈS.

Je sortais.

DIPHILE.

Bon voyage.

EUTYCLÈS.

Et toi ?

DIPHILE.

Moi, je demeure.
Impossible d'oser sortir à pareille heure.
Il serait scandaleux de me voir si matin,
Et les gens me prendraient, mon cher, pour un Thébain.

Je reste donc ; mais cours où l'on t'attend... J'espère
Que tu me permets bien d'entretenir Néère?

EUTYCLÈS.

Quel âge as-tu, Diphile?

DIPHILE.

Eutyclès, mon ami.
J'ai d'avance sur toi, juste un an et demi.
Mais pourquoi, s'il vous plaît, me demander mon âge?
Voudrais-tu m'adopter? me marier? Je gage
Que tu complotes...

EUTYCLÈS.

Point. Reste toujours garçon.
Au lieu d'un seul épi, c'est toute la moisson,
Toute une gerbe au moins ; — et d'ailleurs, à t'en croire,
Bien des noms féminins mêlent dans ton histoire
Le fil d'or de leur vie au fil d'or de tes jours.

DIPHILE.

Par-ci, par-là... sans doute, ami, — mais pas toujours.
Du plaisir, de l'ennui ; des chardons et des roses ;
Il en est de l'amour comme de toutes choses,
Et pour un bon moment qu'on fait sonner bien haut,
Combien de fois l'a-t-on payé plus qu'il ne vaut !
C'est au point qu'il me prend quelquefois fantaisie
Ou de me marier, ou d'aller en Asie.
N'avoir jamais quitté l'ombre du Parthénon !
Sur ma parole, c'est honteux.

EUTYCLÈS.

Oui.

DIPHILE.

Tout de bon.
Puis, réflexion faite, Athène a son mérite.
Si nous ne bougeons pas, le monde nous visite,
Et, puisqu'on vient nous voir, pourquoi nous déranger?

EUTYCLÈS.

Pourquoi?... mais pour courir à son tour... pour changer.
Salut, Diphile.

DIPHILE.

Adieu. Si tu voyais Chrysale,
Dis-lui qu'on ne met plus au front qu'une cigale,
Et que s'il en met deux, il passera du coup
Pour un Scythe, pour un barbare, pour un loup.

EUTYCLÈS.

Heureux fou!

DIPHILE.

Triste sage!

SCÈNE IV.

DIPHILE, NÉÈRE.

NÉÈRE.

Il me semblait entendre
La voix de mon mari... ce qui m'a fait descendre.

DIPHILE.

Vous ne vous trompiez point, mais il vient de sortir.
Il va je ne sais où, me laissant le plaisir
De passer avec vous le temps de ma visite,
Et puisqu'il le permet, souffrez que j'en profite.

NÉÈRE.

Il ne vous l'a pas dit? c'est chez Antagoras
Qu'il est allé.

DIPHILE.

D'accord.

NÉÈRE.

Vous ne l'y suivez pas?

DIPHILE.

Chez un goutteux, madame? oh, certes! je préfère
Au vieil Antagoras la charmante Néère,
Et ce cher Eutyclès, qui s'éloigne de vous,
N'en bougerait d'un pas s'il n'était votre époux.

NÉÈRE.

S'il n'était mon époux?

DIPHILE.

Sans doute. Pour sa femme
Un vrai mari ne doit garder amour ni flamme.
Ces choses-là, c'est bon pour les femmes d'autrui.
Dédaigneux Eutyclès! si j'avais comme lui,
M'appartenant, m'aimant, une femme accomplie,
Tout exprès mise au monde afin d'être jolie...

Je ne quitterais pas pour l'univers entier
Le tranquille bonheur assis à mon foyer.

NÉÈRE.

Seigneur!

DIPHILE.

L'amour! trésor sans prix tant il est rare.
Et quand chez Eutyclès la Destinée avare
S'épuise à prodiguer tous ses dons, il s'en va
Bâiller aux vains propos qu'on tient sur l'Agora.

NÉÈRE.

Oui, que fait-il, seigneur, de toutes ses journées?
Où va-t-il? autrefois, il me les eût données.
Maintenant il me laisse, et, je ne sais pourquoi,
Il n'a plus un instant à passer avec moi.

DIPHILE.

C'est un ingrat. Payer de tant d'indifférence
L'affection d'un cœur pur comme l'innocence!
Madame, j'en connais qui donneraient leur sang
Pour remplacer ici votre Eutyclès absent.
Pas une qui vous vaille et qui soit aussi belle!
A vos séductions qu'un mari soit rebelle,
C'est l'habitude. — Mais combien, si vous vouliez,
Se croiraient trop heureux de rester à vos pieds;
Combien qui, pour un mot de vous, pour un sourire,
Pour vous voir seulement, et pour oser vous dire
L'amour qui les enflamme...

NÉÈRE.

Assez ! Et c'est ici,
Diphile, c'est à moi que vous parlez ainsi ?
Mais je vous écoutais sans oser vous comprendre.

DIPHILE.

Avant de m'accuser, du moins daignez m'entendre ;
Avant de déchaîner votre indignation
Laissez du moins, laissez parler ma passion.
Je vous aime, Néère...

NÉÈRE.

Encore ! et c'est la femme
D'Eutyclès, votre ami, que vous osez...

DIPHILE.

Madame !

NÉÈRE.

En venir à ce point de ne respecter rien !
Traiter en courtisane une femme de bien !
Oser ainsi, le front superbe et la voix sûre,
Lui parler d'un amour qui devient une injure,
Et, pour comble d'outrage, être allé jusque-là
D'avoir conçu l'espoir que l'on y répondra !

DIPHILE.

Pardonnez-moi, Néère, et m'écoutez. Diphile
Ne se souillera point d'un mensonge inutile :
Oui, j'espérais trouver un plus facile accueil,
Oui, je songeais bien plus au succès qu'à l'écueil,

Vivant mal, j'en conviens, j'avais fini par croire
Que la vertu n'était que de la vieille histoire,
Et qu'Athènes, rompant avec l'austérité,
Ne croyait plus à rien, le plaisir excepté.
Vous me prouvez mon tort. — Mais je vous en supplie,
Oubliez les écarts d'un moment de folie...
D'un âge à tout oser, j'ose tout... — Par pitié,
Pardonnez...

NÉÈRE.

Il suffit, et j'ai tout oublié.

DIPHILE.

Néère, à votre tour, recevez ma promesse...

NÉÈRE.

J'ai de meilleurs remparts : ma foi dans la Déesse,
Mon amour pour un autre, et dans le fond du cœur,
Le culte tout vivant de la sainte pudeur.
Je vous pardonne donc ; allez, allez, Diphile,
Allez chercher ailleurs un amour plus facile,
Et songez qu'à défaut de vertu, — sur mon seuil
Entre nous deux encor resterait mon orgueil.

SCÈNE V.

DIPHILE, seul.

Bah ! qui ne risque rien n'a rien. Mon entreprise
Pouvait être un chef-d'œuvre, et n'est qu'une sottise.
Tant pis ; quand on se brûle, on souffle sur ses doigts,
Et l'on n'en réussit que mieux une autre fois.

Tout le monde n'a pas la vertu de Néère ;
On est, en général, moins prude et moins sévère,
Et toutes ne prendront pas un air suffoqué
Au premier petit mot un tant soit peu risqué.
Moi qui croyais si bien la pudeur enterrée
Dans les contes du temps de Saturne et Rhée !
Oui, mais à qui la faute? à ces vieillards perclus
Qui vont partout vantant les jours qui ne sont plus,
Blâmant ce qui se passe, et répétant sans cesse
Qu'Athènes se corrompt, s'amoindrit et s'abaisse,
Que les femmes n'ont pas l'ombre d'une vertu,
Et qu'on en peut séduire à bouche que veux-tu.
Disciple, c'étaient là les leçons de mon maître.
Si j'ai pris à la fin sa doctrine à la lettre,
Je le répète : à qui la faute? — Pas à moi.
Et ce fat d'Eutyclès, qui, souriant en soi,
Nous écoute vanter l'amour d'une hétaïre,
Et possède à lui seul un trésor sans rien dire !
C'est un vrai guet-apens. On prévient ses amis ;
Je ne me serais pas sottement compromis.

Un esclave entre.

Qu'est ceci ? Que me veut ce vieil esclave chauve ?
Des femmes !... Qui vient donc ?... — Néère !... Je me sauve.

SCÈNE VI.

NÉÈRE, GORGIAS, MÉGILLUS, IRÈNE, DAPHNÉ.

NÉÈRE.

Avez-vous replacé, Gorgias, ce matin,
Comme je l'avais dit, les siéges du jardin ?

GORGIAS.

Oui, madame.

NÉÈRE.

Et ce vin de Naxos, qu'un esclave
Nous apporta dans une amphore, est-il en cave ?

GORGIAS.

Depuis hier.

NÉÈRE.

J'oubliais. Votre maître ne peut,
Quoi que j'en dise, avoir son bain comme il le veut;
Chez lui, tout n'est pas bien en ordre : les tablettes
De ses collections ne sont pas assez nettes...
A l'avenir, prenez-y garde. — Vous avez
Vécu longtemps ici, Gorgias ; vous savez
Si l'on n'a pas toujours été pour vous bon maître ;
C'est par des soins exacts qu'il faut le reconnaître.
Cependant, Gorgias, vous vieillissez; — pour vous
Le travail est pénible et le repos est doux.
La fatigue vient vite à l'âge dont vous êtes !
Faites peu, mais soignez les choses que vous faites ;
Quand vous serez lassé, Mégillus que voilà
Quittera sa besogne et vous remplacera.
Seulement gravez-vous bien ceci dans la tête :
Votre maître content, moi je suis satisfaite.
Eutyclès avant tout. Allez.

SCÈNE VII.

NÉÈRE, IRÈNE, DAPHNÉ, puis MÉGILLUS.

NÉÈRE, regardant tour à tour le travail de ses femmes.

A nous, Daphné.
Avançons-nous un peu ?

DAPHNÉ.

C'est presque terminé.
Demain ce sera fait.

NÉÈRE.

Et toi, ma bonne Irène,
Il me semble, — ai-je tort? — que ton fuseau se traîne.
Voyons, que je te vienne en aide.

IRÈNE.

C'est si long!

NÉÈRE.

Mais ce sera si beau ! comme ces fils d'or blond
Seront d'un merveilleux effet au bord du voile !
Quel tissu ! qui dirait que c'est là de la toile ?
Ah ! j'y pense; Daphné, va chercher Mégillus.

A Irène, en regardant son ouvrage.

Ici, je veux moins d'or, et là, j'en voudrais plus.

A Mégillus qui rentre avec Daphné.

Nous attendons du miel de l'Hybla : votre maître
Vous a fait préparer des vases pour l'y mettre ?

MÉGILLUS.

Il ne m'en a rien dit.

NÉÈRE.

Et ces chevaux de main
Qu'il fait venir de Thrace et qui sont en chemin ;
On a dû réserver pour eux une écurie ?

MÉGILLUS.

Je ne sais pas ; mais sans le savoir, je parie
Que non, car Eutyclès ne nous dit jamais rien.
Lui demander un ordre?... Il nous reçoit si bien.
« — Vous m'impatientez ; en un mot comme en mille,
« Demandez à ma femme, et laissez-moi tranquille. »
On ne saurait tirer autre chose de lui.
C'est au point...

SCÈNE VIII.

LES PRÉCÉDENTS, EUTYCLÈS.

NÉÈRE.

Vous rentrez de bonne heure aujourd'hui.
Je vous en sais gré. Mais venez que je vous gronde ;
Et je veux vous gronder là, devant tout le monde.
Vous ne donnez jamais un ordre. Vous avez
Acheté des chevaux de Thrace, vous savez
Qu'il arrive demain du miel, — et votre esclave
S'il ne sait rien, ne peut rien préparer. C'est grave.

C'est trop d'insouciance, et vous exagérez.
Et le fermier qui vous écrivit pour vos prés,
Des bords de l'Ilyssus? Et vos bergers à gages
Qui voudraient pour vos bœufs changer de pâturages?
Avez-vous répondu?

EUTYCLÈS.

Là, là, holà! quel flux
De questions sans fin et de mots superflus!

NÉÈRE.

Mais enfin, mon ami...

EUTYCLÈS.

Tout ce détail m'assomme.

NÉÈRE.

Je voudrais y pourvoir, mais c'est le fait d'un homme.

EUTYCLÈS.

Eh! qu'importe! commande, et l'on t'obéira.

NÉÈRE.

Bon pour l'intérieur, mais pour le dehors?

EUTYCLÈS.

Bah!

NÉÈRE.

Mais vos chevaux?

EUTYCLÈS.

Vends-les et laisse-moi tranquille.
Tous ces tracas mesquins me tourmentent la bile,
Et si je ne puis pas ici vivre en repos,
J'irai sarcler tout seul mes vignes de Naxos.

Sur un signe de Néère, Mégillus et les femmes se retirent.

SCÈNE IX.

NÉÈRE, EUTYCLÈS.

NÉÈRE.

Qu'avez-vous, Eutyclès? Votre front d'ordinaire
Si calme, est rembruni comme par la colère.
Peut-être un accident? quelques ennuis secrets?
Serait-ce moi qui, sans le savoir, vous aurais
Mis de mauvais humeur? — Mes questions, sans doute?
Pour tenir la maison peut-être il vous en coûte?

EUTYCLÈS.

La cave, le grenier, les fermes !... — Pourquoi pas
Le bois de la cuisine et le sel des repas?
Ne pourrait-on sans moi faire ici quelque chose?
Quelle maison ! C'est à n'y pas rentrer. Je n'ose,
Lorsque j'en suis dehors, y penser seulement;
C'est mon ennui le pire et mon pire tourment.

NÉÈRE.

Voilà ce qui vous fâche ainsi? — Pourquoi le taire?
Et moi qui soupçonnais là-dessous un mystère!

Mais en toute franchise, Eutyclès, répondez :
Vous avez des secrets?

EUTYCLÈS.

Des secrets bien gardés,
Si vous les devinez ainsi sur mon visage.

NÉÈRE.

Je n'interroge plus, Eutyclès.

EUTYCLÈS.

C'est plus sage.

NÉÈRE.

Mais votre air m'inquiète et m'afflige. — Taisez
Vos secrets, mon ami, s'ils vous semblent aisés ;
Mais s'ils vous font souffrir, versez-les dans mon âme...
Vous êtes mon époux, et je suis votre femme,
Vous lisez dans mon cœur comme en un livre ouvert ;
Mettez aussi pour moi le vôtre à découvert.
De vos peines, ami, nous souffririons ensemble...
Ensemble! Entendez-vous? A nous deux, il me semble
Que nous aurions bientôt raison de ces ennuis
Qui fatiguent vos jours et tourmentent vos nuits.

EUTYCLÈS.

Ma chère, vous avez la clé d'or dans la bouche ;
Votre souci me charme et votre amour me touche,
Et si je ne puis vous confier mon secret,
C'est que je n'en ai pas, je vous le dis tout net.
Quel sort plus fortuné! quelle plus belle vie!
Mais je fais des jaloux, et j'excite l'envie :

Je suis jeune, je suis riche, je suis aimé,
Mon désir est plus tôt satisfait qu'exprimé...
Que souhaiter de mieux ?

NÉÈRE.

Votre voix est railleuse,
Eutyclès. Mais j'ai tort. Sottement curieuse,
Qu'ai-je à vous fatiguer de questions? — Pourtant,
Jadis, entre nous deux, il n'en fallait pas tant.
Je n'interrogeais pas, mais vous aviez sans cesse
A me dire des mots doux comme une caresse,
Et dans les jours d'été comme ceux d'aujourd'hui,
Nous restions au jardin souvent jusqu'à la nuit,
Toujours causant, toujours poursuivant cette histoire
Du cœur, qu'il fait si bon raconter, si bon croire...
Vous en souvenez-vous? Pauvre amour dérangé!
C'était l'été dernier. Un an a tout changé.

EUTYCLÈS.

C'est le rôle du temps de changer toute chose.
Je vous aime toujours, et votre amour me cause
Toujours un vrai plaisir... mais les commencements
Sont et seront toujours l'âge d'or des amants.
Une fois fait, l'aveu perd bien de son mérite ;
La plus douce parole est fade, une fois dite;
Et tout en s'aimant fort, — aussi fort qu'autrefois, —
Pour babiller entre eux les cœurs n'ont plus de voix.

NÉÈRE.

Eutyclès! Eutyclès! Je ne suis plus aimée!
O rêves éternels de mon âme charmée,

O mon pauvre bonheur, qu'êtes-vous devenus...
Eutyclès ! Eutyclès ! si vous ne m'aimez plus !

SCÈNE X.

EUTYCLÈS, seul.

Des larmes à présent ! Faut-il, quoi que j'en aie,
Garder à contre-cœur l'air riant, l'humeur gaie ?
Attentif et charmé, me faut-il constamment
Prendre les yeux, le geste et la voix d'un amant ?
Et faut-il, en dépit de moi, que j'asservisse
Toutes mes volontés aux hasards d'un caprice ?
Ah ! si j'étais encor plus jeune de deux ans !
Ah ! si j'étais encor pour les yeux complaisans
Des vierges de l'Attique, un mari qu'on désire...
J'aimerais mieux briser sous ma main en délire
Les autels de Junon — que d'accepter encor
Ce joug qui n'en est pas moins lourd pour être d'or.
C'est aux premiers soleils, c'est au printemps de l'âge,
Presque enfants, que l'hymen nous saisit au passage ;
C'est quand la passion remuant notre cœur,
Vivante, va bientôt jeter son cri vainqueur ;
O destins ennemis ! c'est au seuil de la vie,
C'est quand l'âme va naître au jour — qu'on se marie !

SCÈNE XI.

EUTYCLÈS, DIPHILE.

EUTYCLÈS.

Toi, Diphile ?

DIPHILE.

Je viens te faire mes adieux.

EUTYCLÈS.

Où vas-tu donc ?

DIPHILE.

Je vais vivre sous d'autres cieux.
L'Attique devient sotte, Athènes devient fade.
Si je restais ici j'en tomberais malade ;
Je pars.

EUTYCLÈS.

Mais où vas-tu ?

DIPHILE.

Je ne te l'ai pas dit ?
Dans l'Olympe, mon cher.

EUTYCLÈS.

Quel Olympe, étourdi ?

DIPHILE.

Dans la ville amoureuse et splendide, où la Grèce
Court d'un pied empressé réchauffer sa vieillesse ;

Où la blonde Vénus, fille des flots amers,
Voit son temple à la fois dominer sur deux mers ;
Où tout est enivrant, jusqu'à l'air qu'on respire ;
Où ce n'est plus assez de deux ports pour suffire
Aux vaisseaux étrangers, nombreux comme leurs flots ;
Où l'on arrive aux chants joyeux des matelots ;
Où l'on trouve à souhait des plaisirs sans contrainte
Et de l'amour sans fiel...

EUTYCLÈS.

Mais où donc ?

DIPHILE.

A Corinthe !

EUTYCLÈS.

Et l'Asie ?

DIPHILE.

Elle est là. Satrape triomphant,
Pharnabaze s'y berce au dos d'un éléphant.
C'est le marché du monde. Orateurs et poëtes,
Peintres, musiciens, philosophes, athlètes,
Tout arrive à Corinthe. En femmes : Thessala,
Corinne, Parthénie, Euxippe, Messala...
Et je ne t'ai rien dit encor de Pasyphile,
Le trésor à la fois et l'orgueil de la ville,
Un miracle de grâce ! une femme, Eutyclès,
Qui pour être Aspasie, attend son Périclès,
Et qui cherche, parmi sa cour toujours nouvelle,
Pour lui donner son cœur, un homme digne d'elle.

Que dis-tu de Corinthe?... Athène! un affreux trou,
Depuis qu'elle s'est mise à calquer son hibou.
Reste ici qui voudra. Je cours où l'on s'amuse.
J'ai toujours détesté Minerve et sa Méduse.

EUTYCLÈS.

Quand pars-tu ?

DIPHILE.

L'on m'attend. La trirème est au port,
L'ancre déjà levée, et les rameurs à bord.
Adieu.

EUTYCLÈS.

Tu ne dis rien à Néère?

DIPHILE.

A Néère?
Je n'en ai plus le temps, mon cher ami, — la terre
Me brûle. Mon espoir et mon cœur sont déjà...

EUTYCLÈS.

Aux pieds de Pasyphile ?

DIPHILE.

Et peut-être au delà.

SCÈNE XII.

EUTYCLÈS, puis MÉGILLUS.

EUTYCLÈS.

Corinthe. — Heureux Diphile! au gré de son caprice
Il entre dans l'arène ou déserte la lice.
Athènes le fatigue? à Corinthe! — Nul bras
Ne cherche à retenir ou diriger ses pas.
Hélas! tandis que moi, fatalité cruelle!
Le devoir me retient quand le désir m'appelle.
Corinthe! C'est le bruit, la fanfare, l'éclat;
L'ivresse y devient lutte, et le plaisir combat;
On est là cent rivaux autour d'une coquette...
Est-ce de l'amour? non; mais c'est une conquête!
Les soins durent une heure, et le triomphe un jour.
Le plaisir, après tout, ne vaut-il pas l'amour?
Et la trirème va partir!
Fatale idée,
J'en ai l'âme inquiète, et la tête obsédée.
Une tentation de Corinthe m'a pris...
C'est un vertige, — il faut m'y soustraire à tout prix.
Appelant.
Mégillus.

MÉGILLUS, entrant.

Me voici.

EUTYCLÈS.

Nous partons pour Mégare.
Je t'emmène. Avertis mon intendant; prépare

Mes bagages, et viens me prévenir ici,
Lorsque tout sera prêt, que je suis obéi.
Ma femme est à côté, — dis-lui que je la mande.

Mégillus sort.

Oui, m'éloigner, partir... Le devoir le commande.
Si je restais ici, pourrais-je résister
A ces brûlants désirs que tout vient exciter !

SCÈNE XIII.

EUTYCLÈS, NÉÈRE.

NÉÈRE.

Vous m'avez appelée, Eutyclès ?

EUTYCLÈS.

Oui, Néère.
C'est pour te demander pardon. Mon caractère
A de fâcheux écarts qu'il me faut expier
A tout prix, car je veux te les faire oublier.

NÉÈRE.

Je le retrouve enfin ! — Tu m'aimes donc encore,
Mon Eutyclès ? Soyez bénie, heureuse aurore
D'un amour qui revient quand je le croyais loin !...
Répète-moi ces mots charmants, — j'en ai besoin.

EUTYCLÈS.

Tes yeux sont fatigués.

NÉÈRE.

J'ai tant pleuré.

EUTYCLÈS.

Je gage
Que tes larmes auront gâté ce bel ouvrage...
Voyons.

NÉÈRE.

Mon pauvre voile! Oui, les larmes tombaient,
Bien amères, hélas! bien lourdes, et couraient
Plus vite que mes doigts sur la toile légère...
Et moi, — c'est singulier — tout en n'y songeant guère,
Je prenais intérêt à suivre dans leurs jeux
Ces larmes qui tombaient de mon cœur par mes yeux.

EUTYCLÈS.

Et c'est ma faute! — Viens, Néère, que j'essuie
La trace humide encor de cette triste pluie,
Et garde ce baiser comme le gage heureux
De mon amour pour toi.

NÉÈRE.

Que tu sais, quand tu veux,
Trouver l'accent qui charme et le mot qui console.
Parle-moi, que j'entende encore ta parole,
Et rends-moi bien heureuse, Eutyclès, pour l'ennui
Et les peines qui m'ont éprouvée aujourd'hui.

EUTYCLÈS.

Par tant de nœuds si doux quand tu m'es attachée,
Comment aurais-je fait pour te quitter fâchée!

NÉÈRE.

Pour me quitter ?

EUTYCLÈS.

Je pars.

NÉÈRE.

Où vas-tu donc?

EUTYCLÈS.

Crantor,
De Mégare, me doit un demi-talent d'or.
J'ai su par quelques-uns des miens que ses affaires,
Sans être tout à fait mauvaises, sont peu claires.
Je suis tes bons conseils... — J'y dois aller? — J'y vais.

NÉÈRE.

Quand reviens-tu?

EUTYCLÈS.

Bientôt.

NÉÈRE.

Mais encor?

EUTYCLÈS.

Je ne sais...
Crantor décidera.

NÉÈRE.

Je suis folle, sans doute,
Mais ce départ m'attriste.

EUTYCLÈS.

Enfant!

NÉÈRE.

Je le redoute.
Je ne m'explique pas à moi-même pourquoi;
C'est un pressentiment. Eutyclès, jure-moi
De ne pas t'absenter pour plus d'une semaine.

EUTYCLÈS.

Je serai revenu dans quelques jours à peine.

NÉÈRE.

En ton absence, on va travailler aux jardins,
Repeupler le vivier, réparer les gradins,
Et j'y disposerai les fleurs que tu préfères :
Des verveines, du thym, des roses, des bruyères...
Ce sera si joli, que je garde l'espoir
D'y reprendre avec toi nos entretiens du soir.

EUTYCLÈS.

Oui, nous les reprendrons ensemble, ô ma Néère,
Car mieux je te connais, plus tu me deviens chère.

NÉÈRE.

Bien sûr?

EUTYCLÈS.

Oui; Mégillus revient. Embrasse-moi.

NÉÈRE.

Tu me diras adieu?

Eutyclès fait un signe affirmatif.

Moi qui doutais de toi!

SCÈNE XIV.

EUTYCLÈS, MÉGILLUS, puis GORGIAS.

MÉGILLUS, un paquet sous le bras, à part.

A la bonne heure! Rien de gai comme un voyage.
Qu'est-ce qu'une maison, dans le fait? une cage.
Je comprends les ennuis du pauvre oiseau captif,
Et, s'il chante, pourquoi son chant est si plaintif.
En voyage, un esclave est l'égal de son maître :
On cause, on se goberge, on rit, et sauf peut-être
Que je porte ma charge et qu'il ne porte rien,
Je ne changerais pas mon sort contre le sien.
Quel plaisir!

Haut.

Tout est prêt.

EUTYCLÈS, à part.

Néère, sur Mégare
Que ton penser s'arrête, et ton soupçon s'égare...
J'y vais... oui, mais pourrai-je y demeurer, hélas!
Lorsque je sentirai Corinthe à quelques pas?...
— Hypocrite nature! On se ment à soi-même...
Je déserte ton seuil, Néère, mais je t'aime!
Je partirais un jour pour Corinthe; — mieux vaut
Y courir sur-le-champ, j'en reviendrai plus tôt.

A Mégillus.

Tout est prêt, m'as-tu dit?

MÉGILLUS.

Oui, maître : deux tuniques,
Une robe, un manteau, des armes, cent dariques...
Etait-ce assez de cent?... mais l'intendant m'a dit
Que le riche Eutyclès aurait partout crédit ;
Que d'ailleurs, sur un mot...

EUTYCLÈS.

Bien; donne-moi mon style...
Appelle Gorgias.

MÉGILLUS.

Maître, c'est inutile ;
Le voici.

A Gorgias.

Reste.

EUTYCLÈS, *à part.*

Et moi, — pauvre femme ! — écrivons...
Je ne saurais la voir.

A Gorgias, en lui remettant des tablettes.

Pour Néère.

A Mégillus.

Partons.

ACTE II.

Corinthe. — Maison de Pasyphile.

SCÈNE I.

POLÉMON, PARIS, DÉMÉTRIUS, suite d'esclaves.

POLÉMON.

Quoi de nouveau, Pâris?

PARIS.

Rien ; sinon que je quitte
Corinthe.

DÉMÉTRIUS.

Et qui vous fait déménager si vite?

PARIS.

Pasyphile.

POLÉMON.

Comment?

PARIS.

Eh ! n'est-ce pas honteux
Pour nous, que d'étaler ici nos airs piteux ?
Nous voici trois — bientôt nous serons davantage —
Affichant tous les jours ici notre visage,
Dépensant notre argent et notre esprit... Pourquoi ?
Pour être rebutés d'une coquette ! — Moi,
Je me lasse à la fin de ce rôle imbécile ;
A d'autres ! c'est assez adoré Pasyphile.

DÉMÉTRIUS.

D'autant qu'il n'est pas gai pour nous de contempler
Ce bel amour auquel on ne peut se mêler.

PARIS.

Jadis — elle était libre, aussi libre que belle,
Et l'on avait l'espoir d'être bien reçu d'elle.
Mais à présent ? depuis ce jeune Athénien,
— Peu de visage, un train médiocre, un nom de rien —
Plus de succès possible ! aussi, je me rebiffe...
J'ai bien assez roulé le rocher de Sisyphe ;
Que je tire du moins profit de la leçon.
Je m'en vais. — Quittons-nous ensemble, Polémon ?

POLÉMON.

Je ne saurais. Il faut de l'argent en voyage.
Or, de vingt-cinq talents que j'eus pour héritage,
J'ai tant aimé le vin, les femmes et le jeu,
Tant secoué ma bourse, et marchandé si peu,
Que pour toute fortune il me reste des dettes.
On ne peut pas courir le monde les mains nettes.

Je mourrais de misère ailleurs, sans contredit,
Et je préfère vivre ici sur mon crédit.

PARIS.

Vingt-cinq talents ?

POLÉMON.

Vingt-cinq, juste.

PARIS.

Sur ma parole,
C'est beaucoup. Vous n'avez plus rien ?

POLÉMON.

Pas une obole.
L'âge d'or a fait place au dur âge de fer.
On m'a beaucoup aimé — mais ça m'a coûté cher.

DÉMÉTRIUS.

Pharnabaze.

SCÈNE II.

LES PRÉCÉDENTS, le satrape PHARNABAZE. Suite d'esclaves blancs et noirs vêtus à l'orientale.

PHARNABAZE, saluant.

Seigneurs...

PARIS.

Magnifique satrape,
Je suis las de toujours soupirer, et j'échappe

Au joug par trop pesant que nous subissons tous.
Je déserte Corinthe et Pasyphile. — Et vous ?

PHARNABAZE.

C'est à n'y croire pas. Pour cette Pasyphile
Je jette sans compter les dariques par mille,
Mes soins sont attentifs, mes hommages constants,
Et je n'avance à rien. C'est de l'or et du temps
Perdus. Mais, par les dieux ! avant de lâcher prise,
Je prétends bien pousser à bout mon entreprise.

PARIS.

Ah ! vous espérez ?...

PHARNABAZE.

Certe ! ou j'en deviendrais fou.
Sans ce malencontreux, venu je ne sais d'où...

SCÈNE III.

LES PRÉCÉDENTS, DIPHILE.

PARIS.

Mais vous le connaissez, je crois, seigneur Diphile ?

DIPHILE.

Je le connais ! Qui donc ?

PARIS.

L'amant de Pasyphile?

DIPHILE.

Si je le connais? — trop. L'homme dont vous parlez
Est comme moi d'Athène, et se nomme Eutyclès.
Si je croyais aux Dieux, je croirais que sa mère
A quelqu'olympien dans son âge fut chère,
Et qu'Eutyclès est né quasi demi-dieu, — tant
Sa chance est favorable et son bonheur constant.
Il est marié.

PHARNABAZE.

Lui?

DIPHILE.

La femme la plus belle,
Et des vertus! c'en est scandaleux.

PARIS.

On l'appelle?

DIPHILE.

Néère.

DÉMÉTRIUS.

Mais Corinthe est loin d'Athènes.

DIPHILE.

Bah!
Il s'ennuyait chez lui; nous partons: le voilà
Joyeux comme un bouvreuil échappé de sa cage.
Tout lui plaisait, jusqu'aux accidents du voyage.
Nous arrivons; il voit tout et trouve tout bien;
Il va de son côté comme je vais du mien...

Jusqu'ici c'est au mieux. Pendant qu'il court la ville,
Moi qui depuis longtemps rêvais de Pasyphile,
Je me présente, nous causons, et je lui plais...
Ce jour-là, par malheur, je rencontre Eutyclès,
Je parle de la belle, et si bien, que mon homme
Veut la voir, la voit, l'aime, et la prend. — Voilà comme,
Dans la fièvre où m'avait mis un accueil trop doux,
J'ai tué de mes mains notre espérance à tous.

POLÉMON.

Sur nos gardes. Voici Drosé, voici Myrrhine...
Et la maîtresse suit ses femmes, j'imagine.

SCÈNE IV.

LES PRÉCÉDENTS, DROSÉ, MYRRHINE.

DIPHILE.

Comment va-t-on chez vous, Myrrhine, ce matin?

MYRRHINE.

Mais assez tristement.

POLÉMON, bas à Myrrhine.

Ma couronne de thym
A la porte? Sait-on quelle main dévouée
D'un fil de pourpre et d'or cette nuit l'a nouée?

MYRRHINE.

C'est donc vous?

(Montrant la couronne dédaigneusement jetée par terre.)

La voilà.

DÉMÉTRIUS, bas à Drosé.

Drosé, mes bracelets?...

Les a-t-on reçus?

DROSÉ, les rendant.

Non, seigneur, reprenez-les.

DÉMÉTRIUS, à part.

Quel affront!

POLÉMON, de même.

Quelle insulte!

DIPHILE.

Et cette humeur chagrine,

Cette tristesse enfin, d'où vient-elle, Myrrhine?

MYRRHINE.

On ne sait.

DIPHILE.

Dis toujours.

MYRRHINE.

Voici ce que j'ai cru :

Le seigneur Eutyclès n'a pas encor paru.

PARIS.

Attention! c'est elle.

SCÈNE V.

LES MÊMES, PASYPHILE

DIPHILE.

O vous, fière entre toutes,
Pour vous plaire essaierai-je en vain toutes les routes?
Ne me recevrez-vous jamais d'un œil plus doux?

PASYPHILE.

J'espérais rencontrer Eutyclès avec vous.
Vous ne l'avez point vu, Diphile?

DIPHILE.

Que je meure!
Mais pour nous voir ensemble il faudrait choisir l'heure,
Car depuis certain jour qu'il m'a si bien trahi,
Je ne suis plus l'ami d'Eutyclès,—Dieux merci!

PHARNABAZE.

Toujours ce petit Grec en tête, Pasyphile?

PASYPHILE.

Plus que jamais.

PHARNABAZE.

Tant pis. Un amour bien stérile,
Et qu'on ne comprend pas, lorsque, si vous vouliez,
On mettrait pour un mot des trésors à vos pieds.

PASYPHILE.

J'aime Eutyclès, mon cher satrape, et quand on aime,
On n'a que du dédain, mais un dédain suprême
Pour vos lingots. A quoi vous servent-ils, voyons ?...
C'est pauvre. — Mais l'amour ! Il donne des rayons
A mes yeux, à mon sang de la vie, à mon âme,
Avec la passion, des ivresses de flamme...
Vous y dépenseriez vos millions, seigneur,

Mettant la main sur son cœur.

Voilà le seul chemin qui conduise au bonheur.

PARIS, *bas à Polémon.*

Qu'en dites-vous ?

POLÉMON, *de même.*

J'écoute et j'applaudis.

DIPHILE, *à part.*

Attrape !
On ne le reçoit pas trop bien pour un satrape.

PASYPHILE.

Voudrez-vous m'excuser, seigneurs, si ce matin
Parmi vos fronts joyeux j'apporte un front chagrin.
Honneur de tous les jours, votre bonne visite
Est un hommage dont je sens tout le mérite ;
Mais on est quelquefois mal à l'aise ; je sens
Aujourd'hui mes esprits troublés et languissans,
Et je ne voudrais pas attrister votre joie :
Vous me pardonnerez donc si je vous renvoie ..
J'ai besoin d'être seule.

PARIS, à demi-voix.

Eutyclès !

DIPHILE.

A tantôt !

Bas à Pâris.

Aura-t-elle toujours le cœur perché si haut ?

PHARNABAZE, à part.

Cet Eutyclès maudit ! il faut, coûte que coûte,
En venir à mes fins, et m'aplanir la route, —
Et n'importe à quel prix, je veux...

Bas à un esclave éthiopien.

Barca !

BARCA, de même.

Seigneur.

PHARNABAZE, de même.

J'ai besoin d'un bras ferme et d'une âme sans peur.

BARCA, de même.

Parlez, je suis tout prêt.

PHARNABAZE, de même.

Viens donc.

SCÈNE VI.

PASYPHILE, seule.

Ils m'ont laissée
Enfin, et me voilà seule avec ma pensée.
Les importuns ! Pourquoi recevoir ces gens-là ?
Eh ! pour faire enrager Naïs et Thessala...
Pharnabaze surtout, — le riche Pharnabaze !
Rien qu'à ce nom superbe elles sont en extase,
Et ne comprennent pas de ma part ce dédain
D'un satrape affichant un faste souverain.
Pauvres femmes ! jamais une voix bien-aimée
N'a donc fait tressaillir dans votre âme charmée
Ces merveilleux instincts qui s'éveillent au jour
Si splendides, qu'on en a fait un dieu : — l'Amour !
Oh ! quand je le sens là, quand sa tête charmante
S'abandonne rêveuse aux mains de son amante,
Eutyclès ! Eutyclès ! quand tes yeux, quand ta voix
M'entretiennent d'amour pour la millième fois,
Ce ne sont plus des mots humains, c'est une gamme
De notes et de chants qui me vont droit à l'âme...
Tout mon être tressaille, — et je me sens si bien
Que je l'écoute encor quand il ne dit plus rien.

SCÈNE VII.

PASYPHILE, CROBYLE, DROSÉ.

CROBYLE.

Laissez-moi donc entrer, vous dis-je.

DROSÉ.

Pasyphile
Veut être seule.

CROBYLE.

Bon ! Pour la vieille Crobyle
On n'a pas de secrets. Laissez-moi donc entrer...
C'est un nouveau bijou que je veux lui montrer.
A Pasyphile.
Déesse de beauté....

PASYPHILE.

Qui vient? Tu me déranges ;
Va-t'en.

CROBYLE.

Je m'en vais...—Mais un coup d'œil sur ces franges,
Rien qu'un simple coup d'œil !

PASYPHILE.

Oui, c'est assez joli.

CROBYLE.

Non pas que je ne sache, à quatre pas d'ici,
Des gens qui les paieraient bien cher au premier signe...
Mais quelle autre que vous, madame, en serait digne ?
Regardez donc... C'est beau, mais beau comme vos yeux !
Or pur et d'un travail encor plus précieux
Que l'or. . — Mais regardez ceci.

Elle déploie une robe.

PASYPHILE.

Quelle merveille !

CROBYLE.

Thessala se ferait pendre pour la pareille.
Mais à d'autres ! C'est vous qui l'aurez, et c'est vous
Qui ferez enrager ces vilains cœurs jaloux.

PASYPHILE.

J'ai des robes.

CROBYLE, *développant une tunique.*

Froissez un peu cette tunique.

PASYPHILE.

De la pourpre ?

CROBYLE.

Arrivant de Tyr. Pourpre authentique.
Et comme c'est brodé ! Croyez-vous que Naïs
Ait jamais eu tunique à comparer ?

PASYPHILE.

Je dis
Que tout est admirable, — excepté la marchande,
Mais je n'ai pas d'argent.

CROBYLE.

Est-ce que j'en demande?
De l'argent? Mais fi donc! Et pour preuve, voici
Deux parures de choix que j'apportais aussi.

PASYPHILE.

Des perles!

CROBYLE.

Mieux encor. Des diamants.

PASYPHILE.

Crobyle,
Au fait, et n'employons pas de phrase inutile.
Qu'est-ce que tout cela? Je te sais trop d'esprit
Pour n'avoir d'autre but que de vendre à crédit,
Et ces beaux diamants...

CROBYLE.

Acceptez-les... qu'importe!

PASYPHILE.

Remets dans leur écrin tes diamants, emporte
Tes chiffons, et va-t'en.

CROBYLE.

Puisqu'il le faut, celui
Qui m'envoie est un noble étranger, près de qui

Tous nos Corinthiens feraient triste figure.
Généreux comme un prince et riche sans mesure,
Il donne sans compter, comme sans s'appauvrir;
Il est beau, jeune, fier, et pour vous obtenir,
Ce n'est pas seulement ses trésors, mais lui-même
Qu'il met à vos genoux; car, madame, il vous aime
Depuis qu'il vous a vue, au point que nuit et jour
Il ne pense et ne rêve à rien qu'à son amour.

SCÈNE VIII.

LES PRÉCÉDENTS, EUTYCLÈS.

EUTYCLÈS.

Un vrai marché! de l'or, des perles, de la gaze!...
Je reconnais ici la main de Pharnabaze.

PASYPHILE.

Pour réponse, voilà l'estime que j'en fais.

Elle réunit pêle-mêle les étoffes et les bijoux, et les jette à Crobyle.

Sors de chez moi, Crobyle, et n'y rentre jamais.
Répète de ma part à celui qui t'envoie
Ce que je lui disais tout à l'heure:

Montrant Eutyclès.

— Ma joie
Et mon amour sont là... — Pût-il, nouveau Midas,
Tout convertir en or, que je n'en voudrais pas.

SCÈNE IX.

PASYPHILE, EUTYCLÈS.

PASYPHILE.

Maintenant, mon ami, m'apprendrez-vous la cause
De votre long retard, et de votre air morose?

EUTYCLÈS.

Vous me le demandez ?

PASYPHILE.

Sans doute. Mais qu'as-tu ?
Que se passe-t-il donc? Je ne t'ai jamais vu
Comme aujourd'hui. Quel ton glacé ! quel œil sévère !
Tu te tiens raide et froid comme un homme en colère...
A qui donc en as-tu, mon ami ? Pas à moi,
Je suppose?

EUTYCLÈS.

Si fait, et vous savez pourquoi,
Vous qui m'interrogez.

PASYPHILE.

J'écoute sans comprendre.

EUTYCLÈS.

Vous comprendriez mieux quelque parole tendre,
De celles que murmure aux heures de la nuit
La voix d'un amoureux qui vient et part sans bruit.

PASYPHILE.

Mais que voulez-vous dire, Eutyclès ?

EUTYCLÈS.

Je veux dire
Que si je suis jaloux, c'est qu'ici tout conspire
A grossir mes soupçons. Ne vois-je pas autour
De chez vous, et chez vous, à chaque heure du jour
Tous ces jeunes oisifs, opprobre de la Grèce,
Qui viennent à vos pieds soupirer leur tendresse ?
Et si ce n'est assez des Grecs, ne vois-je pas
Ce Mède fastueux suivre partout vos pas ?
Parlons franc. Vous m'avez aimé, mais je vous gêne.
Pour ma part, je commence à secouer ma chaîne...
Epargnons-nous tous deux des propos superflus,
Et sachez l'avouer, si vous ne m'aimez plus.

PASYPHILE.

Je vous ai laissé dire, Eutyclès. La surprise
Brisait avec mon cœur ma parole indécise.
Un jour vous maudirez ce cruel entretien,
Car je suis innocente et vous le savez bien.
Mais quand l'homme est coupable, il s'en prend à la femme:
Pour déguiser sa faute, il prodigue le blâme,
Comptant changer de rôle, et, par un jeu menteur,
D'accusé qu'il était se faire accusateur.
Savez-vous ce que font souffrir deux jours d'absence !
Et c'est après deux jours, c'est quand votre présence
Devrait sécher les pleurs que j'ai versés, c'est quand
Vous avez tort, que vous m'accusez ! — Parlons franc,

Disiez-vous, Eutyclès. — Parlons franc, j'en suis aise. —
Vous me gênez? — Non pas, mais c'est moi qui vous pèse.
Que j'échange avec vous l'adieu dont vous parlez,
Demain je vous verrai, de mes yeux désolés,
Passer entre les bras d'une amante nouvelle
Et je vous entendrai, déception cruelle!
Lui redire ces mots tendrement écoutés,
Ces doux mots que pour moi je croyais inventés.

EUTYCLÈS.

Encor! je ne suis plus votre dupe, ma chère.
O l'admirable cœur que l'on met à l'enchère!
O le beau dévouement et l'amour précieux,
Quand je viens de les voir marchander sous mes yeux!

PASYPHILE.

Et qu'ai-je répondu? Vous me cherchez querelle,
Mon ami, mais j'aurai raison d'un infidèle
Mécontent de se voir coupable et deviné...
Comme s'il n'était pas d'avance pardonné!
Causons. — Ce qui te rend si dur et si maussade,
C'est Pharnabaze; avoue? un homme lourd et fade,
Qui ne parle qu'en or, qui m'offre chaque jour
Ses stupides écus pour prix de mon amour,
Et chaque jour aussi m'assommant de sa vue,
Vient de sa longue suite embarrasser ma rue.
Ce qui te fâche encor, c'est ce joli concours
De blondins poudrés d'or, sots comme leurs discours,
Et qui viennent ici comme ils vont sur la place;
Mais quand tu n'es pas là, mon ami, je les chasse,

Et je conçois à peine, étant si mal reçus,
Qu'ils reviennent chez moi compter leurs pas perdus.

EUTYCLÈS.

Recevez Pharnabaze et l'écoutez quand même.
Ne vaut-il pas bien mieux que moi, puisqu'il vous aime?

PASYPHILE.

Puisqu'il m'aime!... mais toi... tu ne m'aimes donc plus?...
Pas un mot? mais tu veux me tromper?
O Vénus!
A tes pieux autels si d'une main soumise
J'ai jamais amené la victime promise,
Ecoute ma prière et vois mes bras tremblants :
Je te consacrerai demain deux agneaux blancs...
Mais secours ma misère et soutiens ma faiblesse;
Eutyclès veut me fuir et je l'aime! — O Déesse,
Par le bel Adonis, le chasseur cyprien,
Ou refroidis mon cœur, ou réchauffe le sien!

EUTYCLÈS.

Je ne résiste plus, Pasyphile, mon doute
S'évanouit devant ton amour; — mais écoute,
Et vois si ma colère avait quelque raison :
Cette nuit j'arrivais auprès de ta maison,
Quand un homme debout sur la porte, à ma vue
S'enfuit et disparaît à l'angle de la rue;
Je m'approche du seuil et j'y trouve...

PASYPHILE, l'interrompant.

Du thym?

EUTYCLÈS.

Tu l'as vu ?

PASYPHILE.

Quand on l'a détaché ce matin.

Lui montrant la couronne de thym.

Regarde, le voilà.

EUTYCLÈS.

Jamais la jalousie
N'a versé dans une âme autant de frénésie.
En proie à des tourments sans trêve, je passai
La nuit dans les accès d'un délire insensé,
Et mon premier coup d'œil en arrivant me montre... —
Là, franchement, c'était une triste rencontre.

PASYPHILE.

Je lis encor un peu de doute sur ton front,
Eutyclès. — Moi, je suis heureuse, — comprends donc !
Ne sachant pas un seul mot de ton aventure,
Quand tu n'es que jaloux, je te croyais parjure.

EUTYCLÈS.

Pardonne-moi, je t'aime.

PASYPHILE.

A l'abri du soupçon,
Aimons-nous, sans verser de nos mains ce poison
Dans la coupe où frémit le vin de nos ivresses ;
Confiants tous les deux, n'ayons que des caresses
L'un pour l'autre, Eutyclès.

EUTYCLÈS.

Et pour conjurer mieux
La jalousie amère et le doute odieux,
Demandons à l'amour des extases nouvelles,
Demandons-lui des jours meilleurs, des nuits plus belles ;
Le soupçon tiendra-t-il en face du bonheur !

PASYPHILE.

Tu m'interrogeras, je t'ouvrirai mon cœur.

EUTYCLÈS.

Oui, qu'avec nos désirs, nos transports soient les mêmes ;
Dis-moi que tu m'es chère, et dis-moi que tu m'aimes ;
Je t'ai donné mon cœur, prends aussi ma raison ;
Hâte, à force d'amour, ma lente guérison ;
Car je souffre, j'entends en moi gronder des plaintes
Dont j'avais cru cent fois dompter les voix éteintes,
De sorte qu'en dépit de toi-même et de moi,
Je ne suis pas heureux et je ne sais pourquoi.

PASYPHILE.

Ce pourquoi-là n'est pas si terrible qu'il semble.
Nous sommes, Eutyclès, trop rarement ensemble,
Et je suis sûre, moi, de te faire oublier
Ces chimères sans nom qui viennent t'effrayer.
A bientôt... je t'attends.

SCÈNE X.

EUTYCLÈS, seul.

Elle s'absente à peine,
Que le trouble renaît dans mon âme incertaine.
Qu'est-ce donc, ô mon âme! et pourquoi ces élans?
Est-ce le lot fatal des amours violens?
Est-ce la jalousie? ou le remords? ou même
Le souvenir lointain d'une femme qui m'aime,
Et qui de mon absence a déjà tant souffert,
M'attendant et pleurant sur mon foyer désert!
Et ne pouvoir me plaindre! et personne à qui j'ose,
Quand la peine m'accable, en confier la cause;
Personne, quand mon cœur s'émeut, pour assoupir
Dans ce cœur tourmenté la voix du souvenir!

SCÈNE XI.

EUTYCLÈS, DIPHILE.

DIPHILE.

Seigneur...

EUTYCLÈS.

C'est toi, Diphile.

DIPHILE.

Une importante affaire
M'amène auprès de vous.

EUTYCLÈS.

Quel ton !

DIPHILE.

Je ne puis guère,
Sur ce qui s'est passé vous traiter en ami.
Ne vous souvient-il plus que vous m'avez trahi ?

EUTYCLÈS.

Encore maintenant, après six mois ! Diphile,
Tu m'en veux de t'avoir enlevé Pasyphile ?

DIPHILE.

Certes ! je vous en veux !... Pasyphile n'est pas
De ces femmes que l'on rencontre à chaque pas,
Et cette occasion que vous m'avez ravie
Ne se retrouvera pas deux fois dans ma vie.
C'est moi qu'elle devrait aimer au lieu de vous,
Et vous m'excuserez de voir d'un œil jaloux
Ce bonheur usurpé sur le pauvre Diphile ;
Car j'étais plus épris que vous de Pasyphile,
Et depuis plus longtemps, et sans moi, vous n'auriez
Jamais imaginé de mettre ici les pieds !
Mais assez là-dessus. Au fond, quoi que j'en pense,
Vous êtes comme moi d'Athène, et notre enfance
Passée aux mêmes lieux, m'impose le devoir
De vous dire qu'il faut tout craindre pour ce soir.

EUTYCLÈS.

Tu te moques?

DIPHILE.

Non pas.

EUTYCLÈS.

Mais encore?

DIPHILE.

Que sais-je?
J'ignore les détails, mais on vous dresse un piége.
Qu'on menace vos jours?... ou votre liberté?...
Je n'en puis dire plus qu'on ne m'en a conté.
C'est à vous, Eutyclès, de prendre vos mesures;
Sinon, gare la chaîne, ou gare les blessures!

EUTYCLÈS.

Çà, mais à quel propos?...

DIPHILE.

Eh! quelqu'amant jaloux,
Fatigué que l'on n'ait de regards que pour vous.

EUTYCLÈS.

Certes! Fort bien trouvé. Demain, ce soir peut-être,
J'allais abandonner Corinthe et disparaître.

DIPHILE.

Ah! tant mieux.

EUTYCLÈS.

Maintenant qu'on barre mon chemin,
Et que je ne suis pas sûr de vivre demain...

DIPHILE.

Raison de plus.

EUTYCLÈS.

Non pas, Diphile. Que je quitte
Corinthe? mon départ aurait l'air d'une fuite...
Or, pour prouver aux gens que je ne les crains pas,
Je dois de ce palais ne plus bouger d'un pas.

DIPHILE.

C'est d'un fou.

EUTYCLÈS.

Va pour fou.

DIPHILE.

Quand on est en délire,
Mon cher, on a recours aux drogues d'Anticyre,
Mais on ne risque pas comme toi, sans propos,
Et contre rien, l'enjeu terrible de ses os.

EUTYCLÈS.

Pourquoi non? Eh! nos jours valent-ils qu'on les pleure!
La dernière peut-être est notre plus belle heure.
Cependant je veux bien m'armer à tout hasard...

A Mégillus.

Donne-moi mon épée, — et toi, prends un poignard.

SCÈNE XII.

MÉGILLUS.

Une épée! un poignard! Entrons-nous en campagne?
Tant mieux. Nous sommes trop heureux. L'ennui nous gagne.
Chaque jour fruit nouveau, comme nouveau festin :
Il ne faut abuser des femmes ni du vin.
On ne boit plus, on goûte ; on n'aime plus, on bâille...
Parlez-moi d'un manant qui ronfle sur sa paille,
Qui boit en conscience, et, dans tout ce qu'il fait,
Vise plus au solide et pas tant à l'effet.

SCÈNE XIII.

MÉGILLUS, NÉÈRE, voilée, paraît dans le fond du théâtre.

MÉGILLUS.

Qui vient là? Je devine... — Encore quelque lettre
Que l'on va poliment me prier de remettre
Au seigneur Eutyclès, — et mon soin diligent
Me rapportera net une dragme d'argent.

NÉÈRE.

Vous êtes au seigneur Eutyclès?

MÉGILLUS.

Oui, madame.

A part.

J'en étais sûr... Encore une qui nous réclame.

Haut.

Un message galant? quelque lettre? Parlez...
Mégillus est discret.

NÉÈRE.

Je veux voir Eutyclès.

MÉGILLUS.

Le voir?

NÉÈRE.

Et lui parler.

MÉGILLUS.

Un entretien, sans doute,
Où vous ne voulez pas qu'un autre vous écoute?
Quelque petit secret gracieux et charmant
Qu'on ne peut confier qu'à la foi d'un amant?
Ai-je deviné juste?... Oui, — mais c'est difficile,
Car nous sommes ici...

NÉÈRE.

Je sais; chez Pasyphile.
Informez Eutyclès que c'est un soin pressant
Qui m'amène.

MÉGILLUS.

Je vous reconnais à l'accent...

Mouvement de Néère.

Pas vous... votre pays. — Vous êtes Athénienne,
N'est-ce pas?

NÉÈRE.

Oui.

MÉGILLUS.

Tant mieux. Autant qu'il m'en souvienne,
Athéne est un pays qui vaut d'être cité,
Et que nous connaissons pour l'avoir habité.

NÉÈRE.

Depuis que votre maître a connu cette femme...
Il y vient — très-souvent?

MÉGILLUS.

Mais... tous les jours, madame.
Ce n'est pas à coup sûr pour nous vanter, mais si
Pasyphile est ici chez elle, nous aussi.
Présent, on nous cajole ; absent, on nous appelle ;
Et comme, tout pesé, c'est encor la plus belle,
Et la plus entourée, et celle qu'à genoux
De leurs vœux suppliants ils sollicitent tous,
Nous nous en tenons là. Mais c'est sans préjudice
D'une belle aventure ou d'un joli caprice.
Qu'une femme nous veuille un instant pour jaser?
On a toujours pour elle une heure à dépenser.
C'est qu'on nous poursuit fort[1] et que nous n'avons guères
Le temps de nous baisser pour des amours vulgaires!

Un homme de loisir, qui sait vivre, ne peut
Non plus se prodiguer de la façon qu'il veut.
On ne s'appartient pas. Tantôt on vient nous prendre
Pour aller au théâtre, et tantôt pour nous rendre
Soit aux courses à pied, soit aux courses en chars;
Hier, d'un combat de coqs nous suivions les hasards;
Le cirque ce matin nous promet des athlètes...
Toujours plaisirs nouveaux, comme nouvelles fêtes,
Au point que pour suffire à tout, nous querellons
Les Dieux qui n'ont pas fait les jours un peu plus longs.

NÉÈRE, à part.

Quelle existence, ô ciel!

MÉGILLUS, à part.

Une beauté discrète
Qui prétend se passer de moi pour interprète.
Et ma dragme?... Demain, j'en aurai deux; sans quoi,
Ma belle, je ne dis pas un seul mot pour toi.

Il va dans le fond du théâtre.

NÉÈRE, à part.

Cet esclave bavard dit-il vrai? — Mais où suis-je?
L'endroit même, l'endroit où je l'attends, m'oblige
A tout croire. Pas un écho de la maison,
Qui, s'il se souvenait, ne répétât son nom...
Dans quels débordements il a jeté sa vie!
Mais tout à l'heure, quand mon accent m'a trahie.
Mégillus me sachant d'Athène, a-t-il pensé
A me demander rien de ce qui s'est passé?
Pourquoi suis-je venue? Oh! pourquoi ce voyage?
Je souffrais tant là-bas! J'ai cru dans mon courage,

J'ai consulté les Dieux, je me suis dit : — J'irai ! —
Je doute maintenant si je lui parlerai.
S'il allait, sans pitié pour la pauvre Néère,
Me dire que c'en est une autre qu'il préfère !
On la dit belle... elle a sans doute des secrets
Pour rendre plus puissants encore ses attraits ;
Elle peut tout oser, elle peut tout promettre,
Elle sait retenir ceux qu'elle a su soumettre;
Hélas ! tandis que moi, tant de jours, tant de nuits
Ont passé, n'apportant que de nouveaux ennuis ;
J'ai pleuré si longtemps, que mon triste visage
De mes larmes a dû conserver le sillage,
Et qu'en me revoyant, Eutyclès, stupéfait,
Ne reconnaîtra plus la femme qu'il aimait.

MÉGILLUS.

Les voici. Regardez.

NÉÈRE.

Je vais voir Pasyphile !
Comment la reconnaître au passage ?

MÉGILLUS.

Entre mille.
Elle s'appuie au bras...

NÉÈRE, à part.

De qui ? de mon mari ?

MÉGILLUS.

Elle s'appuie au bras d'Eutyclès qui sourit.
Elle ne voit que lui, de lui seul occupée...
Surtout n'oublions pas qu'il attend son épée.

SCÈNE XIV.

NÉÈRE, MÉGILLUS, PASYPHILE, EUTYCLÈS, DIPHILE, PHARNABAZE, DÉMÉTRIUS, POLÉMON, PARIS, femmes, esclaves.

MÉGILLUS.

Maître, c'est votre épée.

PASYPHILE.

Une épée! à quoi bon?

EUTYCLÈS.

Qui sait? Je rentre tard... je vais à l'abandon...
J'en peux avoir besoin.

PASYPHILE, bas à Eutyclès.

J'y suis... la nuit sans doute?
Oh! le jaloux!

EUTYCLÈS, de même.

Je t'aime!

PASYPHILE, de même.

Et moi donc!

DIPHILE.

Vite! en route,
Seigneurs. Vous, Pasyphile, en litière, — et marchons...
Si nous voulons donner le signal, dépêchons.
Nous sommes en retard. Le peuple nous appelle,
J'en suis sûr, et maudit nos lenteurs.

NÉÈRE, à part, après avoir longtemps regardé Pasyphile.

Qu'elle est belle!

ACTE III.

Même décor.

SCÈNE I.

PASYPHILE, NÉÈRE, femmes de PASYPHILE.

PASYPHILE, *à ses femmes.*

Laissez-nous.

A Néère.

Me voici prête à vous écouter.

NÉÈRE.

Madame...

PASYPHILE.

Qu'avez-vous ? Vous semblez hésiter.

NÉÈRE.

C'est que je viens pour vous demander une grâce
Que je refuserais peut-être à votre place :
Mais vous avez du cœur et vous me comprendrez.
Mes genoux sont tremblants, mes yeux mal assurés,
Malgré moi mon cœur bat et ma voix balbutie...

PASYPHILE.

Calmez-vous, et parlez sans crainte. J'apprécie
La gêne où je vous vois, et si je puis pour vous
Quelque chose, vous bien servir me sera doux.

NÉÈRE.

Merci, merci, madame ; une bonne parole,
Quand on faiblit, soutient, quand on souffre, console,
Et peut être, sensible au récit de mes maux,
Trouverez-vous, pour les calmer, mieux que des mots.
Madame, autour de vous une cour empressée
Sollicite un regard, un signe, une pensée...
Que l'un d'entr'eux s'éloigne! à peine si vos yeux
S'apercevront qu'un astre a déserté vos cieux...
Et cet astre, pour vous sans chaleur et sans flamme,
C'est l'unique trésor de quelque pauvre femme !
Mais vous êtes si belle, hélas ! tandis que moi...

PASYPHILE.

On dirait que ce mot vous fait peine. — Pourquoi ?
Si je suis belle, eh bien ! je suis bonne peut-être ;
Et quand par votre aveu vous m'aurez fait connaître
Ce douloureux secret si lent à se trahir,
Vous verrez qu'aux beaux yeux, un bon cœur peut s'unir.

NÉÈRE.

C'est que vous ne savez rien de cette souffrance
Qu'on éprouve au départ d'une longue espérance.
Comprendrez-vous combien amer est le souci
Qui m'a prise à mon seuil et m'a conduite ici,

Vous qui, toujours heureuse et toujours adorée,
Ne savez ce que c'est qu'une vie ulcérée;
Vous qui n'avez encore, en y baissant les yeux,
Dans la foule à genoux vu que des fronts joyeux ?
— Je n'ai pas essayé de lutter... je supplie !
Je vous ai vue, hélas ! et comprends qu'il m'oublie...

PASYPHILE.

Je devine. J'aurai séduit, sans y songer,
Quelque joli garçon d'un cœur un peu léger...
Son nom ? vous n'aurez pas perdu votre visite,
Et s'il dépend de moi, je vous le rends bien vite.

NÉÈRE.

Vous me le promettez ?

PASYPHILE.

Oui, je vous le promets.

NÉÈRE.

Pasyphile, soyez bénie à tout jamais.
Que, propice à mes vœux, Vénus, qui vous est chère,
Vous reste favorable, et bonne, et tutélaire,
Et que chacun des jours que vous vivrez encor
Se déroule filé de laine blanche et d'or.

PASYPHILE.

Votre candeur me plaît; votre air, votre visage
M'ont séduite. Pour vous, je ferais davantage.
Mais tout en regrettant de vous donner si peu,
Que je vous remercie au moins de votre vœu.
Son nom ?... Vous l'aimez bien ?

NÉÈRE.

Si je l'aime, madame!
C'est...

PASYPHILE.

Tant mieux. Quel bonheur que d'aimer corps et âme,
D'aimer de tout son cœur! C'est vivre doublement,
C'est enchaîner ses jours aux jours de son amant,
C'est boire deux ensemble à la coupe bénie
Où ruisselle à pleins bords une ivresse infinie...
Heureuse celle qui, succombant sans souffrir,
Avant d'avoir vidé la coupe peut mourir!

NÉÈRE.

Mais, pour parler ainsi...

PASYPHILE.

Je suis compatissante
A l'angoisse du cœur, car je la sais cuisante.
Il faut peu pour l'aigrir, beaucoup pour la calmer.
Le cœur est si sensible alors qu'il sait aimer!
Oui, j'aime. Aussi, bien loin d'en rougir, j'en suis fière,
Et je proclamerais moi-même la première
Le nom de mon amant. — Mais le vôtre?... parlez;
Je ne le connais pas encor.

NÉÈRE.

C'est Eutyclès.

PASYPHILE.

Vous dites?

NÉÈRE.

Eutyclès.

PASYPHILE.

Eutyclès !... Elle est folle !
Et moi qui l'écoutais, lui donnant ma parole
De m'employer pour elle... elle veut justement
Celui... — Mais Eutyclès, madame, est mon amant,
Celui dont je vous ai parlé... celui-là même
Pour qui je donnerais tout mon sang, tant je l'aime !...
Vous rougissez, vous vous cachez, vous n'osez plus
Lever jusque sur moi votre regard confus ..
Baissez, baissez les yeux, créature insensée,
Implorez à genoux Pasyphile offensée,
Et rendez grâce aux Dieux de ne m'avoir pas mis
Plus de fiel dans le cœur contre mes ennemis.

NÉÈRE, à part.

Qu'ai-je dit ! qu'ai-je fait ! O funeste pensée !
Je voulais la fléchir, et je l'aurai blessée !

SCÈNE II.

LES PRÉCÉDENTS, DROSÉ.

DROSÉ.

Madame, le bruit court... C'est sans doute un faux bruit...

PASYPHILE.

Te voilà toute pâle ! Achève.

DROSÉ, bas à Pasyphile.

Qu'aujourd'hui
On doit assassiner Eutyclès.

PASYPHILE.

C'est horrible !
On doit assassiner Eutyclès?... — Impossible !

NÉÈRE.

Eutyclès? lui?... Ses jours sont menacés?... Courons,
Il en est temps peut-être, et nous le sauverons.

Tombant à genoux.

O Dieux de mon foyer ! Dieux d'airain ! Dieux d'argile !
S'il est perdu pour moi, qu'il reste à Pasyphile ;
Mais épargnez ses jours, et songez que s'il meurt,
C'est ma vie à la fois que vous frappez au cœur !

Elle se relève.

Où courir?... Malheureuse! étrangère à Corinthe,
Mes pieds vont s'égarer comme en un labyrinthe...

PASYPHILE.

C'est qu'elle ose l'aimer plus que moi !...

NÉÈRE.

Bien plus ; oui.
Vous, vous l'aimez pour vous ; — moi, je l'aime pour lui.

SCÈNE III.

PASYPHILE, DROZÉ.

PASYPHILE.

Cette femme?... j'en suis toute préoccupée.
Mais lui? Je m'en souviens... il a pris son épée,
Mégillus l'accompagne... — O mon fier Eutyclès!
Au nom de notre amour, courage! frappe-les...
Défends-toi! défends-moi! Car c'est aussi ma vie
Que menace à la fois leur rage inassouvie,
Et s'ils couvrent tes yeux d'un voile de trépas,
Pasyphile à coup sûr ne te survivra pas.

SCÈNE IV.

PASYPHILE, DROSÉ, PHARNABAZE, PARIS, POLÉMON, DÉMÉTRIUS, suite, puis BARCA.

PARIS.

Une fable sans but, comme sans consistance.

PHARNABAZE.

Un conte qui n'a pas ombre de vraisemblance.
En plein jour? allons donc! Que vous ayez dessein
De désigner un homme au fer d'un assassin,

Il n'ira pas choisir le soleil pour complice.
Faute de croire aux Dieux, on croit à la justice,
Et ces affaires-là ne se font point ainsi.

PASYPHILE.

Vous savez le danger et vous êtes ici!
Qu'y faites-vous? En hâte, allez, courez la ville,
Au secours d'Eutyclès portez un bras utile...

PHARNABAZE.

Madame, calmez-vous : nous mettrions en vain
Le manteau sur l'épaule et l'épée à la main.
C'est un propos en l'air, c'est un bruit qui circule.
Informez-vous? Bruit faux, et propos ridicule.
Votre Eutyclès ne court pas l'ombre d'un danger ;
Ni vous, ni moi, n'avons à nous en déranger.

A part.

Enfin, voici Barca. J'attendais sa venue.

Bas à Barca.

Parle donc?

BARCA, de même.

Tout va bien.

PHARNABAZE, de même.

Mes gens?

BARCA, de même.

Gardent la rue.

PHARNABAZE, de même.

Là-bas, combien sont-ils?

BARCA, de même.

Cinq.

PHARNABAZE, de même.

Et tu m'en réponds?

BARCA, de même.

Tous soldats d'aventure, et marins vagabonds,
Des gens qui, pour gagner ou pour prendre une obole,
Tenteraient en plein jour l'assaut de l'Acropole.
Ils sont sûrs de leur coup. Notre homme en ce moment,
S'il n'est pas encor pris, doit l'être incessamment.
C'est chose convenue avec le capitaine :
Il lève aussitôt l'ancre et cingle vers Athène.

PHARNABAZE, de même.

Pas de sang! Sur ce point tu sais ma volonté.

BARCA, de même.

On ne le frappera qu'à toute extrémité.

PHARNABAZE, de même.

Sors, et va-t'en jeter un coup d'œil dans la rue.

PASYPHILE, à part.

Mais cette femme, aussi?... Qu'est-elle devenue?
Elle est partie, elle est allée... où? Je ne sais.
Elle porte au hasard ses secours empressés...
Ses secours?... Qu'avait-elle à me trouver si belle?
A parler d'Eutyclès qu'elle aime? Quelle est-elle?
J'ignore son pays, sa famille, son nom...
M'en défier?... Pourquoi? Mais m'y confier?... Non.

Elle aimait Eutyclès... — O lumière fatale !
Elle l'aime... je suis pour elle une rivale,
Eutyclès un parjure, — et quand on sait aimer,
Si le cœur est trahi, c'est au bras de s'armer !

Je suis folle !... Pourquoi serait-elle venue ?
Pourquoi ces cris du cœur ? cette parole émue ?...
Mais elle aime Eutyclès, et je dois empêcher,
A tout prix, sur-le-champ, qu'elle en puisse approcher.

A ses femmes.

Cette femme qui vient de sortir... — Allez toutes,
Qu'on fouille les deux ports, les carrefours, les routes,
Il faut qu'on la retrouve et qu'on l'amène ici.

A part.

Quand un sinistre bruit dans les airs plane ainsi,
Quand le vent de la mort fait frissonner nos têtes,
Gardons-nous de mêler ce présage à nos fêtes ;
C'est le signe, c'est la menace d'un malheur !
Ils ont beau vouloir tous me rassurer... j'ai peur.

SCÈNE V.

LES PRÉCÉDENTS, DIPHILE, MÉGILLUS.

PASYPHILE, à Diphile.

L'avez-vous vu ?

DIPHILE.

Sauvé !

PHARNABAZE.

Sauvé ?

DIPHILE.

Ne vous déplaise,
Cher satrape, Eutyclès est sauvé.

PHARNABAZE.

J'en suis aise.

DIPHILE.

Ah !

PHARNABAZE.

Mais je tiens toujours pour ce que j'en ai dit.
Péril imaginaire.

DIPHILE.

Ah, bah !

PARIS.

Sans contredit.

DIPHILE.

Vous vous trompez, seigneurs. — Guet-apens authentique.
Le fait ne peut souffrir ni doute ni réplique.

PASYPHILE.

Mais Eutyclès, mon cher Diphile ?... Il ne vient pas.

DIPHILE.

Il me suivait.

PASYPHILE.

Je cours au-devant de ses pas.

Elle sort.

SCÈNE VI.

PHARNABAZE, PARIS, DIPHILE, MÉGILLUS.

DIPHILE.

Mégillus en était : il peut mieux que personne
Nous donner des détails précis.

A Mégillus.

Ce qui m'étonne,
Mon brave Mégillus, — car tu t'es bien conduit, —
C'est que, deux contre cinq...

MÉGILLUS.

Cinq ? Dites au moins huit.

DIPHILE.

Cinq. Je les ai comptés.

MÉGILLUS.

Ma foi ! seigneur Diphile,
Avec cinq, c'était fait de nous comme avec mille.
Trop occupés, nous deux mon maître, à ferrailler,
Nous n'avions pas encor eu le temps de crier,
Et déjà je sentais s'appesantir ma lame,
Quand une femme accourt, criant à fendre l'âme,
Se jette sans trembler parmi les assassins,
Les étonne, et pendant ce temps-là, les voisins
Arrivent à notre aide et les mettent en fuite.
Les lâches ! je voulais aider à leur poursuite...

Mais je les avais vus un instant de si près,
Que mes jambes n'ont pas voulu courir après.
On peut dire que nous l'avons échappé belle !

DIPHILE.

On n'a pas retrouvé cette femme?

MÉGILLUS.

Sans elle,
Les bandits nous auraient écharpés, c'est certain.

DIPHILE.

Mais l'a-t-on reconnue?

MÉGILLUS.

On l'a cherchée en vain.
Quant à la reconnaître, un voile — et c'est dommage —
Cachait presqu'en entier les traits de son visage.
C'est égal! elle peut se vanter à bon droit
De nous avoir tirés d'un dangereux endroit.
C'est qu'il fallait la voir, de ses mains éperdues,
Pour arrêter leurs coups saisir les lames nues!
On ne le croirait pas... Quelle femme! Quel cœur!

DIPHILE.

Allons! un sacrifice à Jupiter Sauveur.
Pharnabaze fournit le taureau, je parie?

PHARNABAZE.

Volontiers.

DIPHILE.

Un taureau blanc, la tête fleurie,
Et la corne dorée. Il faut, lorsque les Dieux
Nous protégent, ne pas lésiner avec eux.

PHARNABAZE.

Mais moi qui vous croyais mieux que sceptique... — athée.
Qui vous a converti?

DIPHILE.

Moi? c'est le dieu Protée.

Bas à Pharnabaze.

Voici. Quand par hasard quelqu'un me gênera,
Je vous emprunterai votre esclave Barca.

PHARNABAZE, de même.

Vous dites?

DIPHILE, de même.

Je vous dis que si vous vouliez suivre
Un excellent conseil, — c'est de nous laisser vivre.
Corinthe n'est pas Suze. A Suze, si l'on peut
Ecarter qui vous gêne, et tuer qui l'on veut,
Ici l'on y regarde à deux fois.

SCÈNE VII.

LES PRÉCÉDENTS, EUTYCLÈS, PASYPHILE.

DIPHILE, à Eutyclès.

Viens donc vite,
Eutyclès! qu'on te voie et qu'on te félicite.
C'est dans ces moments-là qu'on trouve ses amis :
Pharnabaze, inquiet pour tes jours, a promis
Un sacrifice au Dieu qui sauverait ta vie.

EUTYCLÈS, à Pharnabaze.

C'est d'un cœur généreux, et je vous remercie ;
Mais, mon dieu protecteur, c'est une femme.

DIPHILE.

Eh bien ?

EUTYCLÈS.

Je me suis informé, j'ai couru, cherché... Rien.
Au milieu des bandits tout le monde l'a vue ;
A peine le combat terminé... disparue.

DIPHILE.

On la retrouvera, mon cher. En attendant,
Puisque te voilà bien averti, sois prudent,
Et songeons à fêter ton retour. — Pharnabaze,
Seigneurs, depuis longtemps nous parle avec emphase
De ses jardins, de ses viviers, de son palais ;
Pour nous prouver combien il estime Eutyclès,

Et comme un avant-goût du pieux sacrifice
Qui fumera demain sur un autel propice,
Il nous invite tous à dîner aujourd'hui... —
Allons voir comme on dresse une table chez lui.

A Pasyphile.

Vous venez ?

PASYPHILE.

Tout à l'heure.

SCÈNE VIII.

PASYPHILE, EUTYCLÈS.

PASYPHILE.

Aussi, quelle imprudence !
Du danger que tu cours on te prévient d'avance,
Et tu t'en vas, suivi d'un seul esclave ! — Mais
Ton visage est pensif, tes regards sont distraits,
Tu ne me réponds pas... — Cette femme peut-être ?...

EUTYCLÈS.

Tu la connais ?

PASYPHILE.

Moi ! non. Je voudrais la connaître.
En te sauvant les jours, en te rendant à moi,
N'a-t-elle pas autant fait pour moi que pour toi ?

Mais pour être sincère, ami, la gratitude
N'a pas toujours besoin de servir de prélude
A l'amour, et j'ai peur dans le cas que voici...

EUTYCLÈS.

Peur de quoi ?

PASYPHILE.

Si j'étais jalouse ?

EUTYCLÈS.

Folle !

PASYPHILE.

Si
Tu l'aimais ?

EUTYCLÈS.

Aimer qui ? quoi ? je ne l'ai pas vue.

PASYPHILE.

Raison de plus. On gagne à rester inconnue ;
On devient idéal. L'imagination
Travaille, et fait éclore un jour la passion.

EUTYCLÈS.

Tu rêves.

PASYPHILE.

Parlons donc de toi. C'est qu'il me semble
Qu'on te menace encor, qu'on te frappe... Je tremble,
J'ai beau te regarder, te sentir près de moi,
J'ai là devant les yeux leur fer levé sur toi.
Connaître le péril et ne pas t'y soustraire !...
Mais s'ils t'avaient tué, mon Eutyclès ?

EUTYCLÈS.

Qu'y faire ?
Je serais mort, voilà. Les destins ont écrit,
Pasyphile, les jours fatals que chacun vit,
Et faut-il, par terreur du coup qui nous menace,
N'oser pas, quand il vient, le regarder en face?
Est-ce un plaisir si grand que de devenir vieux ?
Mourir jeune, mais c'est jeune aller voir les Dieux.

PASYPHILE.

Oui, mais les survivants, Eutyclès?... Egoïste !
C'est pour toi, tu le sais, pour toi seul que j'existe...
Et quand vient le moment suprême du danger,
Moi qui t'aime! tu n'as plus le temps d'y songer.

EUTYCLÈS.

Dans ces cas-là, ma chère, on songe à se défendre,
A conserver sa vie, ou du moins à la vendre
Aussi cher que possible, et le meilleur moyen
C'est de se garer ferme et de riposter bien.
Quant à rêver d'amour...

PASYPHILE.

Assez ; vous autres hommes,
Vous ne soupçonnez pas même ce que nous sommes
Pour vous, — car à vos yeux c'est fort joli déjà
Que de penser aux gens, lorsque les gens sont là.
Tu ris? Je ne ris pas, moi ! — Va, de ton courage
Je trouve le secret écrit sur ton visage...
La mort, la pâle mort ne t'épouvantait pas !
Elle t'aurait du moins arraché de mes bras.

EUTYCLÈS.

Allons, bon! te voilà dans un accès tragique.
Tu ne vas plus vouloir souffrir que je réplique;
De sorte que, bon gré, mal gré, je suis perdu,
Malheureux que je suis! pour m'être défendu.

PASYPHILE.

La matière est heureuse à railler de la sorte!
Mais qu'une fois enfin ta franchise l'emporte.
Dis-moi que mon amour n'est plus qu'un joug pesant
Que tu portes d'un front lassé, mais complaisant?...
Oh! si je le savais! — Malheureuse insensée!
Mais j'ai lu trop avant au fond de ta pensée,
Et j'ai vu trop de fois tes yeux irrésolus
Se résigner à feindre un amour qui n'est plus!

EUTYCLÈS.

Mais que t'ai-je donc fait, que tu sois si cruelle!
Encore des éclats! encore une querelle!
Et cette fois, les Dieux savent à quel propos!
N'aurons-nous donc jamais un moment de repos!
Je ne puis pourtant pas, comme un amant novice,
Du matin jusqu'au soir me mettre à ton service,
S'il te plaît de bouder te demander pardon,
Pour faire un pas, savoir si tu le trouves bon,
Et le reste!... — Destin pénible que le nôtre!
Nous aimant, et pourtant malheureux l'un par l'autre,
Et payant chaque jour un instant de bonheur
D'un prix qui nous déchire et nous fausse le cœur.

PASYPHILE.

De la franchise donc, et du courage !... Avoue?...

EUTYCLÈS.

Avouer quoi?

PASYPHILE.

Le rouge a coloré ta joue...
C'est assez reculer. Achève. — J'ai pitié
Des pénibles aveux que tu fais à moitié.
Va, je suis prête à tout... ose parler, j'écoute.

EUTYCLÈS.

A la bonne heure! Eh bien, malgré qu'il nous en coûte,
Pasyphile, dis-moi, puisqu'un lien si cher
N'a plus assez de fleurs pour en cacher le fer,
Et nous cause bien moins de bonheur que de larmes,
— Ne ferions-nous pas mieux, moi, d'oublier tes charmes,
Et toi, de me fermer ces bras, où je ne puis
Qu'empoisonner ta vie au fiel de mes ennuis?

PASYPHILE.

Ce n'était donc pas un songe de mon délire!
Nous séparer! et c'est lui qui vient me le dire...
Eutyclès! Eutyclès!... Est-ce vous que j'entends?

EUTYCLÈS.

Valait-il mieux souffrir et tarder plus longtemps!
Pardonne, Pasyphile, à mon brusque langage;
Prends-le pour insensé, mais non pour un outrage:
Je t'aime, je voudrais encor comme autrefois
Faire battre ton cœur aux accents de ma voix;

Jamais femme plus belle et plus chère maîtresse
N'a frissonné d'amour sous ma folle caresse,
Et jamais dans mon cœur plus heureux souvenir
Ne se sera gravé pour ne plus y mourir.
Sans m'accuser, plains-moi. La flamme inassouvie
D'un désir ignoré, bouleverse ma vie ;
Je ne sais quel démon me conduit par la main...
Adieu.

PASYPHILE.

Demeure.

EUTYCLÈS.

Non.

PASYPHILE.

Je t'en prie.

EUTYCLÈS.

A demain.

SCÈNE IX.

PASYPHILE, seule.

J'ai voulu tout savoir et j'y suis parvenue.
O désespoir cruel et souffrance inconnue!
Tomber de tout son haut dans cet abaissement
Que creuse sous nos pieds l'abandon d'un amant!
Encor si je pouvais, dans ma fierté blessée,
Rencontrer le remède à ma flamme insensée ;

Si je pouvais lui rendre, oublieuse à mon tour,
Les mépris dont il ose insulter mon amour ;
Mais je l'aime ! Je sens fléchir tout mon courage,
Plus sensible à sa perte, hélas ! qu'à son outrage,
Et toute prête encore à lui rouvrir mes bras...
Va ! va ! peine perdue ! Il ne reviendra pas.
Va ! les larmes sont là, prochaines et brûlantes,
Les heures vont passer pour toi tristes et lentes,
Et tu peux désormais mesurer dans ton cœur
Ce qu'il peut contenir d'angoisse et de douleur.

SCÈNE X.

PASYPHILE, DROSÉ, NÉÈRE.

DROSÉ.

Nos soins ont été prompts, et je viens vous instruire
Que l'étrangère est là... quand faut-il l'introduire ?

PASYPHILE.

Sur-le-champ.

Néère est introduite.

A part.

C'est bien elle.

A Drosé.

Il suffit. Laisse-nous.

Drosé sort.

NÉÈRE.

Pourquoi m'avoir contrainte à revenir chez vous ?

PASYPHILE.

Vous-même, ce matin, que veniez-vous y faire ?
Je ne vous connais pas... vous êtes étrangère...
Pourquoi m'avoir parlé d'Eutyclès? Quel lien,
Quel qu'il soit, peut unir votre intérêt au sien ?
Parlez ? répondez-moi ?... Depuis votre visite
Le malheur a plané sur ma maison maudite :
La mort a menacé mon Eutyclès, — et lui
Qui m'aimait, ne m'a pas dit un mot aujourd'hui,
Pas un mot qui ne fût poignant comme un outrage !
— Je ne me trompe pas... Je l'ai vu ! Ton visage
Rayonne de plaisir sous son air abattu...
Mais que t'ai-je donc fait? et d'où me connais-tu,
Pour venir, sous mes yeux, insulter à mes larmes ?
Prends garde! contre toi j'ai peut-être des armes...
Une femme qui souffre est femme à se venger.
Mais ton nom ? ton pays? c'est trop t'interroger.

NÉÈRE.

Madame, épargnez-vous la colère et la haine.
Je m'appelle Néère — et j'arrive d'Athène.

PASYPHILE.

Mais ce grand intérêt pour Eutyclès ? Parlez,
Car j'ai hâte.

NÉÈRE.

Je suis la femme d'Eutyclès.

PASYPHILE.

Sa femme ? Vous mentez.

NÉÈRE.

Dans l'ombre et le silence,
J'ai pleuré si longtemps sa fuite et son absence,
J'ai si longtemps souffert, j'ai si longtemps prié...
Ah ! ne m'outragez pas, madame, par pitié.
Unis depuis deux ans, ce furent deux années
Dont le Ciel à lui seul mesurait les journées :
Je l'aimais, il m'aimait, et c'était chaque jour
Comme un chaînon de plus rivé sur notre amour ;
Il était mon trésor, comme j'étais sa joie,
Et les Parques, filant pour nous des jours de soie,
S'étonnaient d'un bonheur si constant et si pur.
Temps heureux ! un nuage a terni ton azur ;
Mais je vivrais cent ans, que cent ans ma mémoire
De ces jours fortunés saurait encor l'histoire,
Et que leur souvenir, comme un parfum sacré,
Rafraîchirait encor mon pauvre cœur navré.
Ah ! si les Dieux avaient, dans leur bonté profonde,
Pu donner un enfant à ma couche inféconde !
Eutyclès, retenu par l'amour de son fils,
N'eût jamais déserté son seuil ni son pays...
Mais Lucine à mes vœux refusant sa couronne,
Eutyclès se lassa d'un bonheur monotone ;
Puis, il advint qu'un jour — voici bientôt six mois —
Je l'avais embrassé pour la dernière fois.
Pour la dernière fois !

PASYPHILE, à part.

Sa femme ! c'est sa femme !

NÉÈRE.

Eutyclès me fuyait... — Comprenez-vous, madame? —
Oh ! ne sachez jamais ce que l'on peut souffrir,
Ce qu'on peut supporter de douleur sans mourir !...
J'ai vécu. Je savais Eutyclès à Corinthe,
Mais je n'osais venir, par pudeur et par crainte.
J'y pensais nuit et jour, — enfin, je ne rêvais
Que Corinthe, toujours Corinthe, où j'arrivais,
Où mon cher Eutyclès, au souvenir d'Athène,
Pour revenir à moi, brisait enfin sa chaîne ..
— Ne vous irritez pas!... je ne savais de vous
Que le nom, et combien vous aimait mon époux.
Mais, quand on me montra la rivale inconnue
Que j'avais espéré vaincre sans l'avoir vue...
Quel triomphe plus beau, madame! — Je compris
Qu'Eutyclès fût de vous si follement épris.
Un regard de vos yeux dissipa dans mon âme
Tout instinct de vengeance et tout penser de blâme.
Comment aurait-il fait pour ne pas vous aimer,
Puisque vous avez su moi-même me charmer !
Alors je suis venue à vous. — Effort suprême ! —
Vous aimiez mon mari? mais pas tant que je l'aime,
Et peut-être, au récit de ce que j'ai souffert,
Sentiriez-vous combien il faut qu'il me soit cher?...
Mais à son nom, tombé de ma lèvre fatale,
Vous n'avez voulu voir en moi qu'une rivale,
Et, m'accablant du poids de votre inimitié,
J'ai trouvé la colère au lieu de la pitié.

PASYPHILE.

Mais au sortir d'ici, que prétendiez-vous faire ?
Voir Eutyclès? vous plaindre? et l'entraîner?

NÉÈRE.

Me taire ;
Et, ses jours arrachés au péril, dès demain
Pour regagner mon seuil me remettre en chemin.

PASYPHILE.

Madame, c'est donc vous?... cette femme voilée?...

NÉÈRE.

Ah ! que n'ai-je trouvé la mort dans la mêlée,
La mort qui seule peut me guérir !

PASYPHILE.

C'était vous !

NÉÈRE.

N'avais-je pas le droit de sauver mon époux?...
De vous le conserver ! — Mais, je vous le répète,
Madame, il ne faut pas que je vous inquiète,
Je pars, et je pars seule, emportant mon secret,
Car, s'il vous aime, un jour ou l'autre il reviendrait.

Pauvre maison déserte, hélas ! et regrettée,
Pour venir jusqu'ici pourquoi t'ai-je quittée ?
Loin de nous, il est vrai qu'Eutyclès avait fui ;
Mais, s'il n'était plus là, tu me parlais de lui.

Chaque objet pour mes yeux évoquait son image,
Tout y gardait la trace encor de son passage...
Et je ne sais pourquoi, plus ils nous sont amers,
Plus ces souvenirs-là nous restent toujours chers.
Qui sait d'ailleurs ? un jour, à force de l'attendre,
Les Dieux peut-être auraient fini par me le rendre ;
— Les Dieux sont tout-puissants ! — tandis que désormais,
D'Eutyclès qui m'échappe oubliée à jamais,
Je sentirai s'aigrir ma douleur irritée...
O ma pauvre maison, pourquoi t'ai-je quittée !

Mais on espère, on croit réussir, et l'on part...
Puis, quand le repentir arrive, il est trop tard.
C'est qu'on se lasse, aussi, des larmes que l'on pleure !
C'est que les jours sont longs, comptés heure par heure,
Et qu'on a beau vouloir, le courage à la fin
Vous abandonne, — et vous vous mettez en chemin.

PASYPHILE.

Pauvre femme !

NÉÈRE.

Plaignez, oui, plaignez ma misère.
Je regagne sans lui le foyer solitaire
Où j'avais espéré ramener mon époux ;
Mais je m'étais trompée, et je comptais sans vous.
Délaissée avant l'âge et veuve avant la tombe,
L'épreuve a dépassé ma force et j'y succombe...
Et désormais pourtant il faut, sans me lasser,
Reprendre cette vie et la recommencer.

PASYPHILE, à part.

Belle, jeune, de lui seul toujours occupée,
Il l'a trahie, il l'a dédaignée et trompée...
Et j'ai cru m'attacher par des nœuds éternels
Cet Eutyclès parjure aux serments des autels !
C'est sa femme, — elle a droit à toute sa tendresse,
Et déjà, presqu'enfant encor, il la délaisse...
Hélas ! que ferait-il de moi?... Mais sans pitié,
Ecrasant de mépris mon cœur sacrifié,
Il rirait, dans les bras d'une autre, de mes larmes !...
Jamais !

Regardant Néère.

—Elle plutôt...—Tant d'amour ! tant de charmes !
Déjà si malheureuse, et si jeune pourtant!
Ah ! s'il m'aimait? Mais non. Son esprit inconstant
Cherche déjà l'anneau par où briser sa chaîne;
Je le verrais demain me trahir. . — Qu'il l'emmène !
Athène est loin d'ici. De leur bonheur, du moins,
Mes yeux, mes yeux jaloux ne seront pas témoins.

A Néère.

Soutenez mon courage! et pour qu'il s'accomplisse,
Précipitons l'instant fatal du sacrifice.
Me pardonnerez-vous si je renonce à lui ?

NÉÈRE.

Vous y consentiriez pour moi ?

PASYPHILE.

Dès aujourd'hui,
Dès maintenant.

NÉÈRE.

Mais lui? Si vous lui restez chère,
Si son cœur est fermé pour la triste Néère,
S'il ne vous quitte un jour que pour vous revenir...
A quoi me servirait de le reconquérir?

PASYPHILE.

Et depuis vous, s'il n'en avait point aimé d'autre?
S'il n'avait dans le cœur qu'un souvenir, — le vôtre?
Vous ne me croyez pas?

NÉÈRE.

Comment croire, en effet,
A ce que vous pensez, après ce qu'il a fait?

PASYPHILE.

Eutyclès fut pour moi longtemps inexplicable :
Tour à tour confiant, soupçonneux, irritable,
Tantôt triste, tantôt rayonnant de gaité,
— Mais tristesse réelle et bonheur affecté —
Que de fois j'ai voulu dans son âme oppressée,
Pour le consoler mieux, surprendre sa pensée !...
Votre histoire en deux mots m'a livré son secret.
Le mal qui le dévore....

NÉÈRE.

Eh bien?

PASYPHILE.

C'est le regret,
C'est le remords, la honte... — Et moi, dont ce mystère
Éveillait les soupçons, rivale involontaire,
— Car je ne savais rien — Néère, c'était vous
Que maudissaient de loin mes blasphèmes jaloux!
Mais vous aurez pitié de moi malgré mon crime....

NÉÈRE.

Eh! n'en êtes-vous pas la première victime?
Et n'est-ce pas assez pour expiation
Que votre douloureuse et sublime action!

PASYPHILE.

Il est vrai que je n'ai jamais aimé personne
Qu'Eutyclès, et c'est lui que je vous abandonne.
Un rêve que j'ai fait, mais il faut s'éveiller.
Si j'étais sûre encor de pouvoir l'oublier!
Néère, ces deux ans de félicité douce
Lorsque vous vous aimiez d'un amour sans secousse,
Comme vous avez dû les trouver bons et courts.
Néère, et cependant, deux ans, c'est bien des jours!
Je vous les envierais, mais je n'en suis plus digne.—
Autres soins. — N'avez-vous que ce costume?

NÉÈRE.

Un signe,
Et mon esclave arrive. Elle est là, sur le seuil.

PASYPHILE.

Bien. Car le temps n'est plus de ces voiles de deuil.
Il nous faut l'éblouir. Parez-vous, soyez belle,
Triomphez aujourd'hui de ce cher infidèle,
Et qu'il tombe de joie et d'ivresse à vos pieds,
Comme en ces jours heureux que vous me racontiez.

Montrant la porte de son appartement

Entrez ici.

Appelant.

Myrrhine! Amenez-nous l'esclave
Que vous trouverez là, sur le seuil, — et que Dave
Courant chez Eutyclès, aille le prévenir
Que je l'attends.

Myrrhine sort.

Néère, Eutyclès va venir,
Ecartons avec soin tout présage funeste.
J'ai fait ce que jai pu. Les Dieux feront le reste.

Daphné entre et suit Néère dans l'appartement de Pasyphile.

SCÈNE XI.

PASYPHILE, seule.

S'il l'aime! mais j'en suis certaine. Je comprends
Jusque dans nos transports ses airs indifférents.
Il gardait, malgré lui, dans le fond de son âme.
Un souvenir charmant et lointain de sa femme.

Le songe du plaisir est enivrant, mais court ;
C'est un enchantement; — mais comment rester sourd,
Quand chaque nuit nous coûte un réveil plus pénible,
Aux échos regrettés de cet amour paisible,
Qui toujours confiant et toujours radieux,
Toujours pur, n'avait rien à demander aux Dieux !
Pourquoi ne peut-on pas recommencer sa vie ?
Au lieu de cet éclat trompeur que l'on m'envie,
Que je préférerais dans un coin retiré,
Près d'un mari que j'aime, un bonheur ignoré!...
— Mais je laisse courir ma pensée hasardeuse...
Comme si j'étais faite encor pour être heureuse !
— C'est le pas d'Eutyclès...

SCÈNE XII.

PASYPHILE, EUTYCLÈS.

EUTYCLÈS.

Vous m'avez fait mander?

PASYPHILE.

Une bonne nouvelle. Et j'ai cru sans tarder
Devoir vous en instruire.

EUTYCLÈS.

Une bonne nouvelle ?
La chose est assez rare, et vaut qu'on nous appelle.

PASYPHILE.

Je vous aime, Eutyclès.

EUTYCLÈS.

A la bonne heure. Mais
Cette nouvelle-là, ma chère, je la sais.

PASYPHILE.

Epargnez-moi. Cette heure est une heure suprême
Pour tous les deux, pour vous autant que pour moi-même.
Vous vous plaigniez de mon caractère? Entre nous
Désormais, plus d'humeur ni de soupçons jaloux.
Par quel moyen ?... J'hésite encore quand j'y pense ;
Mais je compte obtenir, du moins, pour récompense,
Votre estime, Eutyclès, et votre amitié.

EUTYCLÈS.

Mais
Mon amitié, pourquoi? quand mon amour....

PASYPHILE.

Jamais !
Votre femme, Eutyclès, votre femme ?

EUTYCLÈS.

Ma femme !
Qui t'a si bien instruite? Et quelle langue infâme,
Osant traîner ici ce nom cher et sacré,
A connu mon secret et te l'a déclaré?

Tout me rappellera donc que je suis coupable !
Ma femme ! mais c'est là le remords implacable
Qui ne s'endort jamais, et qui jette toujours
Quelque nuage sombre au ciel de mes beaux jours.
C'est le rêve éternel et la chaste pensée
Qui prêtent un refuge à mon âme lassée...
Car je t'aime, Néère ! et lorsque tu sauras
Tout ce que j'ai souffert, tu me pardonneras.

PASYPHILE.

Vous êtes pardonné.

EUTYCLÈS.

Qu'en sais-tu ?

PASYPHILE.

Je l'ai vue.

EUTYCLÈS.

Néère ?

PASYPHILE.

Ici. C'est elle aussi qui dans la rue,
Repoussant de ses mains le fer levé sur vous,
Au péril de sa vie a sauvé son époux.

EUTYCLÈS.

Elle ! et je ne l'ai pas reconnue ! — O Néère,
Que mon sang, sous tes yeux, n'a-t-il rougi la terre !
Combien de cette mort je rendrais grâce aux Dieux,
Car c'est ta main du moins qui m'eût fermé les yeux !

PASYPHILE.

Néère m'a tout dit,... et d'une façon telle...
Que c'est moi qui t'invite à me quitter pour elle.

EUTYCLÈS.

Elle m'accusera... — comment la désarmer!

PASYPHILE.

Votre femme, Eutyclès, ne sait que vous aimer.

EUTYCLÈS.

Néère!

SCÈNE XIII.

PASYPHILE, EUTYCLÈS, NÉÈRE.

NÉÈRE.

C'est la voix d'Eutyclès... il m'appelle...
Me voici.

EUTYCLÈS.

Sur mon cœur, Néère!... C'est bien elle.
Plus chère qu'autrefois, belle comme toujours.
Les Dieux me réservaient donc encor d'heureux jours!

PASYPHILE.

A part.

Comme il l'aime!

Haut.

A présent que je suis inutile...
Soyez heureux, adieu!

NÉÈRE.

Pas encor, Pasyphile.

A Eutyclès.

C'est elle, mon ami, qui m'a rendue à toi.
Et pourtant elle t'aime... et presqu'autant que moi.

Tendant la main à Pasyphile.

Pasyphile, soyons toujours l'une pour l'autre,
Comme aujourd'hui, — vous mon amie, et moi la vôtre.

PASYPHILE.

A Eutyclès.

Et de vous, pas un mot?

EUTYCLÈS.

Pasyphile, jamais
Je ne vous aimai tant... — lorsque je vous aimais.

FIN.

BIBLIOTHÈQUE DE FANTAISIE.

Nouvelle collection format in-18 anglais.

Volumes en vente :

EMILE SOUVESTRE . . .	AU COIN DU FEU. Roman des Familles. 1 vol. Prix . . . . 2 fr.
	SOUS LA TONNELLE. 1 vol. Prix. . . 2 fr.
	AU BORD DU LAC. 1 vol.Prix . . . . . 2 fr.
	PENDANT LA MOISSON. 1 vol. Prix . . 2 fr.
GÉRARD DE NERVAL. .	LORELY. Souvenirs d'Allemagne. 1 vol. orné d'une gravure. Prix. . . . . . . 3 fr. 50
H. DE BALZAC	LA DERNIÈRE INCARNATION DE VAUTRIN. 1 vol. Prix. . . . . 2 fr.
	THÉATRE COMPLET. 2 vol. Prix, chaque volume . . . . 3 fr. 50
	LES CONTES DROLATIQUES, colligez ez Abbaïes de Touraine.
EUGÈNE GUINOT.	SOIRÉES D'AVRIL. Nouvelles 1 vol. Prix. 2 fr.
ERNEST LEGOUVÉ. . . .	EDITH DE FALSEN. 3e édition augmentée de deux Nouvelles. 1 vol. Prix. . . . . 2 fr.
ARMAND BARTHET. . . .	NOUVELLES. Pierre et Paquette. — Henriette.— Le Nid d'Hirondelle. — Les Saisons. 1 vol. Prix. . . . . 2 fr.
CHARLES MONSELET. . .	STATUES ET STATUETTES CONTEMPORAINES. 1 vol. Prix. . . . . . . 2 fr.
JULES DE PRÉMARAY. . .	PROMENADES SENTIMENTALES DANS LONDRES. 1 vol. Prix. . . . . 3 fr.
ARMAND BASCHET. . . .	HONORÉ DE BALZAC. Essai sur l'Homme et sur l'Œuvre, avec Notes par Champfleury. 1 vol. Prix. . . . . 2 fr.
XAVIER AUBRYET.	LA FEMME DE 25 ANS. Scènes et récits. 1 vol. Prix. . . . . 2 fr.
FRANCIS WEY	LE BOUQUET DE CERISES. Roman. 1 vol. 2 fr.

PRINCIPALES PUBLICATIONS THÉATRALES :

ALEXANDRE DUMAS FILS.	LA DAME AUX CAMÉLIAS, pièce en 5 actes mêlée de chants. Prix. . . . . . . 1 fr.
SCRIBE ET LEGOUVÉ. . .	LES CONTES DE LA REINE DE NAVARRE, comédie en 5 actes. Prix. . . . . . . 1 fr. 25
	BATAILLE DE DAMES ou UN DUEL EN AMOUR, comédie en 3 actes. Prix. . . . . . 1 fr.
GEORGE SAND.	LES VACANCES DE PANDOLPHE, comédie en 3 actes (édition de luxe). Prix. . . . 2 fr.
	LE DÉMON DU FOYER, comédie en 2 actes (édition de luxe). Prix. . . . . 1 fr. 50

IMPRIMERIE DE PILLET FILS AINÉ, RUE DES GRANDS-AUGUSTINS, 5.